美晴さんランナウェイ

山本幸久

集英社文庫

目次

美晴さんランナウェイ

第1話　三中だけセーラー服

「あら、懐かしい」

部屋に入ってくるなり、美晴《みはる》さんはセーラー服姿の世宇子《ようこ》を見てそう言った。

「やだ、美晴さん」姿見の前に立っていた世宇子はふり返り、抗議した。「入ってくるときにはノックぐらいしてよ」

「ノックってあなた、襖《ふすま》をどうノックすればいいのよ」

美晴さんは鼻で笑った。お父さんの妹である彼女を、叔母《おば》さんと呼んだことはこれまで一度もない。そうしろとだれかに強制されたのではない。自然と気づいたときから、名前にさん付けだ。

美晴さんは世宇子の正面に横座りになると、「くるっとまわってみなよ」と言った。

いつものジーンズ姿であれば、あぐらをかくだろう。しかし今日の美晴さんは違った。黒のワンピースは彼女を品のよい、どこかのお嬢様のように見せた。

それは喪服だった。

「どうして？」

「どうしてってとくに理由はないわよ。いいから、ほら、くるっと」

美晴さんに促され、世宇子はやむなくコマのごとくまわった。スカートの裾《すそ》がふわりと浮いた。

「いいじゃない、いいじゃない。似合ってるわよ、その制服」

他人《ひと》のことをほめるなんて珍しい、と思ったのも束の間《つかま》だった。美晴さんは唇の右側だけをくいっとあげる嫌な笑い方をした。「でもあたしのほうが似合っていたわね」

世宇子はこの春、中学に進学する。数日後には入学式だ。

第三中の女子の制服はセーラー服だった。一中や二中はブレザーなのに、どうして三中だけセーラー服なんだろう。夏服はまだしも冬服は野暮ったくてかっこ悪いと世宇子は不満だったが、しかたがない。

制服は街道沿いにある太田洋品店でつくった。採寸をするとき、お母さんとおばあさんがつきそってくれた。

「世宇子ちゃんはお小さいですねえ」

洋品店の店長が、にこやかに言った。小さいのはじゅうぶん承知だ。なにも、アタマに「お」をつけて強調しなくったって。

「この子、小さいけど腕は長いでしょ」と笑ったのはおばあさんだ。「だから既製品なんて、からだにあわせて買うと、袖《そで》が足んないことが多いのよぉ。ねえ、宇美子《うみこ》さん」

事実だが大声で言わなくてもいいのに、と世宇子は腹が立った。このへんのおばあさんのデリカシーのなさは美晴さんと同じだ。

名前を呼ばれたお母さんは「ええ」と小さくうなずき、世宇子のほうをちらりと見た。我慢なさい、と目で訴えているのがわかる。

「美晴とは大違いよねえ。あのコは大きかったから。中学一年でもう百六十超えてたわ」

「美晴ちゃんの制服はつくったおぼえがありませんねえ。彼女が中学に入ったのは何年前です？」

店長は首をひねりつつ、メジャーを世宇子の胸に巻きつけた。お父さんと小・中の同期生だが、そのわりにはお父さんよりちょっとくたびれたカンジだ。髪の毛が薄く、頭の地肌が見えてしまうのが、そう思わせるのかもしれない。

「あの子はいま二十六、七、八？　三十にはなってないわよね。いくつだったかしら、宇美子さん」

実の娘の年齢を忘れてる。お母さんは、「わたしより十下で誕生日がまだですから、二十七ですよ」と答えた。

「とすると中学に入ったのは」店長はそこで言葉を切り、世宇子にむかって、はい、おしまい、と立ちあがった。そしてバインダーに挟んだ紙になにやら書きこんでいる。たぶん世宇子のからだのサイズだ。父親と同い年のオジサンなんぞに自分の大事な秘密を知られたようで、恥ずかしいやら悔しいやらという気分になった。「十四、五年前かぁ。まだおれが見習いで、親父《おやじ》が現役でばりばりやってた頃だ」

「そう言えば、最近、お父さん見かけないけど、どうしたの？」とおばあさんが訊《たず》ねた。

店長の動きがとまった。お母さんの目が不安げになったのを、世宇子は見逃さなかった。

店長も戸惑い気味だ。

「やだな、オバサン。親父は去年の春、亡くなりましたよ。こないだ一周忌すませたばかりです」

「あっ」おばあさんの表情が硬くなった。それを自らほぐすつもりか、わざとらしく笑い、「忘れてたわけじゃないのよ。その」

なにか言い訳を探しているようだった。つくり笑いが凍りついていくのがわかる。

「ごめんなさいね」

言い訳が見つからなかったらしい。おばあさんは素直にあやまっていた。

「世宇子も中学生かぁ。早いなあ。あたしも三十になるわけだ」美晴さんは煙草《タバコ》をくわえていた。いや、違う。禁煙パイポだ。

「まだ二十七でしょ？」

世宇子は美晴さんとむきあうように腰をおろした。

「三十になる心の準備をしておかなくちゃいけないでしょ」

でしょ、と言われても十二歳の世宇子にはぴんとこなかった。

「三年も前から？」

「三年なんてあっという間よ」

それは困る。これから花の中学生活を送ろうとしているのに、あっという間だなんて。

「美晴さん、お通夜の準備、手伝ったりしなくていいの？」

「やってたんだけどさ。なんかあたし、手際が悪いらしくって。むこういってろって、きみのお父さんに言われてね。ほうほうのていで退散してきたわけよ」

ほんとうだろうか。手際が悪いのはほんとうかもしれないが、勝手に休みにきたに違いないと世宇子は思った。

「二階の自分の部屋、いきなよ」

「邪険にしないでよ。いいじゃないの」美晴さんはばたんとうしろに倒れると、しばらく禁煙パイポを噛《か》んで、かちかち鳴らしていた。やがて、「葬儀屋ってアタマきちゃうよね」と独り言にしては大きい声で言った。

「どういうこと？」

「ひとん家《ち》の葬式にきて、ああだこうだ指揮するのよ、あいつら」

「それがあの人たちの商売なんだから当然なんじゃない？」

美晴さんは、あぁあと寝そべったままで伸びをした。

「そりゃそうだけど。なんかこう、愉快ではないわけよ、あたしとしては」

そして世宇子のスカートの裾をぺらりとめくった。

「やだ、なにすんのよ」

中をのぞかれたわけではないし、のぞかれてもいいものの、世宇子はスカートをおさえ美晴さんをにらんだ。

「それってさぁ」セーラー服のことだ。「母さんがお金だしたの？」

美晴さんがいう母さんは、世宇子にとってのおばあさんで、今日の主役だ。

「うん。そうだけど」世宇子はうつむき、意味もなくスカーフをいじった。

「母さん、最後の買い物になるのかな」

不思議とその言葉は少しも感傷めいていなかった。事実をただ口にしているようにしか思えなかった。

美晴さんはおばあさんが死んで、悲しくないのだろうか。

そのとき台所側の襖から声がした。

「お姉ちゃん、もういい？」

弟の翔《しょう》だ。着替えるからと、庭へ追いだしていたのを忘れていた。世宇子が返事をしようとすると、美晴さんが「しっ」と唇に人さし指をあて、猫のように忍び足で移動した。

襖の前に立つとオッケーのサインをだすので、世宇子はしようがないなあ、と思いつつ弟に声をかけた。

「いいわよ、入って」

翔が襖を開けると、美晴さんは「わぁっ」と彼に飛びついた。

「うわぁぁっ」

人一倍怖がりの翔は、目をひん剝《む》いて悲鳴をあげた。わが弟ながら情けない。

「なんだよぉ。よしてくれよぉ」

翔はべそをかいていた。彼が小脇《こわき》に抱えていた雑誌を、美晴さんはいともたやすく奪い取った。

「またこんな雑誌読んで」

『月刊モー』四月号だった。翔が唯一、定期購読している雑誌だ。美晴さんはぺらぺらとめくって、ところどころ記事の見だしを読みあげた。

「全国UFO飛来マップ、キリストの墓は日本にあった、河童《かっぱ》はいまも実在している、ケネディ大統領は宇宙人に暗殺された、古代文明に核兵器はすでにあった、ノストラダムスの予言は確実にあたる」

「返してよぉ。やめてよぉ」

「翔もさぁ、今度、四年生になるんだろ。こんなの信じてちゃ、ここが」と美晴さんは『モー』を丸めて、翔の頭をぽんぽん叩《たた》いた。「おかしくなっちゃうぞ」

「全部は信じてないよ」

「じゃ、いくつかは信じてるわけ？」

美晴さんは同情するように翔を見つめた。

おばあさんが倒れたのは三月四日、雛人形《ひなにんぎょう》を片付けている最中のことだった。

家にはお雛様が二組あった。ひとつは美晴さんので、もうひとつは世宇子のだ。世宇子とお母さんの、というべきか。実家で代々受け継がれたものを、ひとり娘のお母さんが嫁入りのとき持ってきたそうだ。

「ここのよりずっと風格があるでしょ」

そう言うときのお母さんはちょっと自慢げだ。

「美晴がお嫁にいけないのは、雛人形をいつまでも飾っていたせいだと思うのよ」

五人囃子《ごにんばやし》のひとりを白いやわらかな布にくるみながら、おばあさんは言った。

「他に理由があると思いますよ」

作業の手をとめずにさらりと言ったお母さんを、おばあさんは軽くにらんだ。

「ぜったいそうよ。だってね、秋良《あきら》さんが」おばあさんは死んだ旦那《だんな》さんをそう呼ぶ。

「せっかくだから当分、飾っておこうって言ったのよ。わたしも、そうね、なんて答えちゃったからいけないんだけど。だいたいその頃は、こうして片付けるのを手伝ってくれるひとなんかひとりもいなかったのよ」

そのとき手伝っていたのは、世宇子とお母さんと翔だった。

「お父さんや叔父《おじ》さんは手伝わなかったの」と翔が訊ねた。「ふたりとも、おれたちはいつも親の手伝いをしてたって言うよ」

「うそうそ」おばあさんは苦笑いをした。「邪魔こそすれ手伝いなんかちっともしなかったわ」

「ぼくのほうが偉いよね。おばあさんのお手伝い、してるもんね」

翔はしつこく同意を求めた。おばあさんにはもちろん、お母さんや世宇子にもだ。

「はいはい、あなたは偉いわよ」とお母さんが翔の頭を撫《な》でた。

「美晴が生まれた頃にはもう、学《まなぶ》は高校生で、勉《つとむ》は世宇子ぐらいだったからねえ。そのくらいの男の子が家の手伝いなんかするはずがないよ」学は世宇子の父で、勉は叔父だ。これに美晴さんを含め三人兄妹である。「でね、雛人形は夏休みに入るぐらいまで、ずっと飾っておいたの」

おばあさんの話を聞きながら、世宇子は以前、勉叔父さんに見せてもらった写真を思いだしていた。縁側で花火をしている三人兄妹の写真だ。すでにおとなの輪郭になっているお父さんの膝《ひざ》の上に、翔よりもずっと小さい美晴さんがちょこんと座っていた。ふたりのとなりには頭を丸刈りにした勉叔父さんがいた。三人ともこれ以上ないという笑顔だった。半袖半ズボンのかれらのうしろには雛壇があった。

「いまさら慌ててしまってもどうしようもないけどね。ま、ふたつあって片付けないと居間がいつまでも使えないから。お客さんも呼べないし」

おばあさんは、人形が何体か入った段ボール箱を、よっこらせと持ちあげた。

「あたし、やるよ」世字子は手をさしだした。

「平気よ、美晴」おばあさんは世字子をそう呼んだ。

「違うよ。美晴さんじゃなくて」と言いかけた翔の口を、お母さんが手で塞《ふさ》いだ。

段ボール箱を抱えたおばあさんが「あら？」と声をあげた。

「どうしました？」お母さんが心配顔で訊ねた。

「いえね、やだ。だれか灯《あか》りを消した？」

灯りを消すもなにもまだ昼間だった。

「真っ暗でなにも見え」言葉はそこでぶつりと切れた。おばあさんは前のめりに倒れ、段ボール箱の中へ頭をつっこんだ。

病院に運ばれたが意識は戻らなかった。それからほぼ一ヶ月後、エイプリル・フールの夜におばあさんは静かに息をひきとった。

享年六十八だった。

病院で世宇子ははじめてお父さんの泣く姿を見た。声をあげずに、ただぽろぽろと涙をこぼすばかりだった。世宇子も泣いてしまった。車でかけつけた勉叔父さんも泣いていた。兄弟は、涙の流し方が同じだった。ベッドをはさんで、ふたりはしばらくそのままだった。

どこかで、しゅっと音がした。

美晴さんだった。マッチをすって、煙草に火をつけていた。

「な、なにしてんだ、おまえ」

お父さんが咽《むせ》びながら、声を絞りだした。

「え？　ここ禁煙？」と美晴さんのとぼけた声が病室に響いた。

「納得できないなぁ。おかしいよぉ」

美晴さんが不満を洩《も》らしているのが背中から聞こえてくる。

ここで興味をもってはいけない。なにがよ、などと訊ねたら最後、美晴さんの話を聞く羽目になる。

そう思いつつも、自分の机で本を読んでいた世宇子は、ちらりとうしろを見た。

美晴さんの足が目に飛びこんできた。

黒のストッキングに包まれた形のいい両足は、まっすぐ上げられ、爪先《つまさき》が天井にむいていた。ワンピースの裾は太股《ふともも》あたりまでめくれて、ずいぶんあられもない。禁煙パイポはもうくわえていなかった。

「なにしてんの？」世宇子はうっかり訊ねてしまった。

「血のめぐりをよくしてたの」と答えて美晴さんは足をおろした。

「この部屋、煙草ない？」

「あたしの部屋に煙草なんてあるわけないでしょ」

「学兄さんや宇美子義姉《ねえ》さんに内緒で吸ってたりしてないの？」

部屋の隅で『モー』を読んでいた翔が、びっくりして顔をあげた。

「莫迦《ばか》言わないでよ」

「ちぇっ」と舌打ちをすると、美晴さんは上半身を起こした。「やあねえ、いい子ぶっちゃって。学兄さんそっくり」

お父さんに似ていると言われ、世宇子はムッとした。しかしとくになにも言い返さず、顔を机のほうに戻した。

「ぼくは？」と翔が言った。「ぼくもお父さんに似ている？」

「あなたは宇美子義姉さん似でしょう。顔も性格も」

翔は色白で面長、眉《まゆ》は細めで睫《まつげ》が長いところもお母さんに似ている。一昨年《おととし》ぐらいまでは女の子によく間違えられていた。性格も穏やかで、怒ったり、癇癪《かんしゃく》を起こすこともない。

いま並べた言葉をすべて正反対にすると、お父さんになる。そのひとに似ていると言われたのだから、おもしろくないのは当然だ。悲しいことにそれは美晴さんだけの見解ではない。たいがいのひとがそう言う。

お母さんに似ていると言われた翔は、にっこり笑って、『モー』をふたたび読みだした。あの趣味だけはお母さんのものではない。お父さんとも違う。学校の友達の影響だろうか。雑誌や本を読むだけならまだいい。ときどき庭で空を見あげ、怪しげな呪文《じゅもん》を呟《つぶや》いたりしている。そんなときは姉の役目として、弟の頭を叩いて、腕をつかんで家にいれた。

「悪いんだけどさぁ、世宇子でも翔でもどっちでもいいんだけど、あたしのお願いきいてくれる？」

美晴さんの声は妙に鼻にかかっていた。

「いやだ」『モー』から視線を外すことなく、翔が言った。

「なによ、聞く前から断んないでよ」

「そういう甘ったるい声をだすときは、ぜったいろくなお願いじゃないもん」

まったく翔の言う通りだ。世宇子も「右に同じ」とうなずいた。

「お願いお願い。やってほしいことがあるんだ。すっごく簡単なこと」

「簡単なこと？」と翔は顔をあげた。「よけい怪しい」

「子供の頃からひとを信じないなんて、よくないと思うわよ」

それでも世宇子も翔も美晴さんを相手にしなかった。しかしあきらめる彼女ではない。

「きみたちの気持ちはよくわかった」と手の平を大きくひらいて、右手をさしあげた。

「五百円でどうだ？」

「たったの五百円？」翔は美晴さんをあわれむように見た。

「なによ、あんたたち。贅沢《ぜいたく》になったものねえ」違う。美晴さんがケチなのだ。「あたしにしてはけっこう、大盤振る舞いなんだけどなあ」

「あのさ、なにすればいいの？」

無視を決めこんでいたはずが、我慢しきれず世宇子は訊ねてしまった。翔の視線を感じる。いいの、お姉ちゃん？　とでも言いたいのだろう。五百円が欲しいわけではない。美晴さんを相手にするといつもこうだ。結局は彼女のペースにのみこまれてしまう。

「ふふ。あのね」

美晴さんの話はこうだった。

煙草を買ってきたいのだが、そのためには居間を横切って、玄関にでなければならない。でもそしたら見つかっていろいろ手伝わされるに決まっている。やはり逃げてきたんだな、と話をききながら、世宇子は思った。この部屋の窓から外に抜けだしたいのだが、そのためにはなにかしら外履きがないといけない、だからサンダルをもってきてほしい。

「駄目よ」世宇子はそっけなく却下した。「翔だってあたしだって、家ん中、サンダルもって歩いてたら不自然でしょ。お父さんかお母さんに呼び止められるわよ」

「そっかぁ」美晴さんは膝を抱え、前後にからだを揺らしている。

「ならさ」『モー』を畳に置いて、翔が身を乗りだしてきた。「うちの中を通らなければいいわけでしょ。こういうのはどうかな」

ぼくが考えたんだから、お姉ちゃんやってよ、と翔に言われた。

世宇子はしぶしぶ腰をあげた。襖を開け、台所にでて縁側へまわった。

狭い庭と廊下、そして八畳の居間から玄関にかけて、喪服姿というか、それが制服の葬儀屋たちがばたばたと行き交っていた。

「どいてくださぁい」

廊下を歩いていると、生花をもって庭から入ってきたひとに邪魔者扱いされてしまった。

ついひと月前にはお雛様が飾られていた居間はすっかり様変わりしていた。白と黒の幕が張り巡らされ、立派な祭壇が組まれている。そこにはおばあさんの写真が飾ってあった。

目を大きく見開き、ちょっと驚いているようだ。

なんだい、みんな、なにを慌てているんだい？　わたしの葬式？　やだね、冗談じゃないよ。

そう言いたげな顔だ。

二年ほど前から、世宇子を美晴と呼びまちがえる回数が増えた。はじめのうちは、違うよ、と言えば照れ隠しに笑っていたが、そのうち訂正してもそのまま話を続けてしまうようになった。

去年の暮か今年のアタマだ。世宇子が縁側で本を読んでいると、いつもの調子で、美晴、と声をかけてきた。

おまえはね、いつまでも家にいていいんだよ。ここはおまえの家なんだからね。

そして微笑《ほほえ》んだ。

ふだんは美晴さんにむかって、早くお嫁にいけだの、このままだと、いかず後家になるよ、と小言をいうおばあさんとは思えない、穏やかな笑みだった。

居間の隅にお父さんと勉叔父さんが並んで立っていた。祭壇のほうをむいているので、世宇子には気づかない。

「他に写真なかったの？　なんか遺影らしくないんだけど」

勉叔父さんが言うのが聞こえた。

「あれがいいって」お父さんが答えた。

「だれが？」

「母さん本人がさ。去年のいまぐらいに言われた」

「わかってたのかな？」

「さあ。どうだろ」

世宇子は居間を横目に通り過ぎ、お母さんが降りてきたりしないか、と階段を見あげた。だれもいなかった。

玄関まで辿《たど》り着くと下駄箱を開けた。美晴さんのサンダルは手前にあってとりだしやすかった。それを片手に、靴を履き、引き戸に手をあてた。

最近、調子悪いんだよな、この戸。開けるとき、変な音たてないようにしなきゃ。

そう考えていると、どうしたことか、戸は世宇子が力をいれずとも自然に開いた。

「おっと」入ってきたのは勉叔父さんのひとり息子、従兄《いとこ》の自由《じゆう》だった。世宇子より四つ年上で今年高校二年生だ。「なんだ、姫か」

世宇子を姫と呼ぶのは自由だけだ。

恥ずかしい。でもちょっとうれしい。

「あ、うん」美晴さんのサンダルを、慌てて背中に隠した。

「なんだい、その格好は？」と自由は訊ねてきた。

「通夜と葬式はこれででろって、お父さんが言うもんだから」

「入学式の前に通夜と葬式で着ることになっちまったのか。そいつは可哀想《かわいそう》に」

自由はほんとに気の毒そうな顔になった。ニット帽にハイネックのセーター、厚手のジャケット、登山靴を履いて大きな荷物を背負っている。どう見ても通夜や葬式に参列する服装には見えない。

「どっかいってたの？」

「いまさっき登山部の合宿から帰ってきたばかりなんだ。家よりこっちのほうが近いんでね。母さんに学校の制服持ってきてもらってるさ」自由は玄関に荷物をどすんと置くと、靴を脱ぎだした。「昨日の朝、合宿所に母さんから電話があってね。ひと月も意識がなかったわけだから覚悟はしてたけど、やっぱ死んだって聞かされたら、言葉がなかったよ。姫は臨終たちあったんだろ」

ベッドに横たわり、青白い顔をしたおばあさんを思いだす。

なのに世宇子はまだその死を現実として上手に受け入れていなかった。通夜の準備であわただしい家の中を横切っても、おばあさんの遺影を見てもだ。

おばあさんがもうこの世にいないなんてこと、あるはずがない。

「美晴さんはだいじょぶ？」

「え？」背中に隠したサンダルを、ぎゅっと強くつかみ直した。「だいじょうぶって」

「取り乱したりしなかったか。おばあさんが死んだとき」

「病室で煙草を吸おうとして、お父さんや勉叔父さんにこっぴどく叱《しか》られていた」

自由はきょとんとした顔つきになった。


世宇子の部屋の窓はすでに開かれており、美晴さんが顔をのぞかせていた。

「おお、よくやったよくやった。ほめてつかわすぞ」と笑っている。

いい大人なのに無邪気で天真爛漫《てんしんらんまん》だ。自由のほうがずっとおとなびてみえた。美晴さんの容貌《ようぼう》は二十歳《はたち》ぐらいでとまったカンジだ。肌の衰えはさすがにあるがこれはしようがない。

結婚しないから若く見えるのかな。

以前、世宇子は美晴さんに、なんでお嫁にいかないの？　と訊ねたことがある。

だってこの家、居心地がいいんだもん。

彼女はそう答えた。意外。お父さんや死んだおばあさん、ほんの時折だが世宇子のお母さんにまで小言をくらったり、叱られたりしているのに、居心地がいいだなんて信じられない。

ただしまわりの大人に怒られても、舌をだして笑って暮らしている美晴さんが、世宇子はちょっと好きだ。

だからこうしてサンダルだってもってきてしまう。

「よっこらせ」

美晴さんは窓枠にお尻を乗せてから、からだを少しひねって、両足を外にだした。そして世宇子に「履かせて」と命じた。黒のストッキングに包まれた足は、艶《なまめ》かしくて触れるのが少しためらわれるほどだった。それでもサンダルを両足につっかけてあげた。

「ありがと」と言うと、美晴さんはひょいと飛び下りた。「ちょっくらいってくらぁ」

そして美晴さんは、そのまま行方をくらました。おばあさんの通夜にも葬式にも出席しなかった。

みんな怒ったが、だれにも増してお父さんはかんかんだった。

「あの莫迦」と幾度もくり返した。「どういうつもりなんだ」

世宇子も翔も逃亡の手助けをしたことについては黙っていた。申し合わせたわけではない。とても言える雰囲気ではなかったし、もし言いでもしたら、お父さんに叱られるのは自分たちだとお互いわかっていた。

五百円は結局、もらえなかった。

三日後が世宇子の中学の入学式だった。夜に親子四人で駅前の商店街にある牧乃鮨《まきのずし》へいった。お祝いごとがあると必ずここに足を運ぶのが、家族のしきたりになっている。前回は翔が市の作文コンクールで市長賞をもらったときだから、去年の十一月だった。おばあさんが作文コンクールの小冊子をもってきて、牧乃鮨の主人に読んで聞かせていたのを思いだす。よしてよ、と翔は本気で怒っていた。怒ることないじゃない、とつづけて読もうとするおばあさんから、翔は小冊子をとりあげた。五十以上年齢の離れたふたりは本気で喧嘩《けんか》をしだした。お父さんとお母さんがなだめ、美晴さんはおもしろそうに眺めていた。

「世宇子ちゃんもあの制服を着るようになったのかあ。早いもんだ」

牧乃鮨の主人はカウンターのむこうで鮨を握りながら言った。彼も太田洋品店の店長と同じく、お父さんの小・中の同期生だ。

「美晴ちゃんのセーラー服姿はいまでもおぼえてるよ。可愛かったなあ」

美晴さんの名前がでた途端、お父さんの顔つきがかわった。ビールを二本ほど呑《の》んでいるので、すでに真っ赤だった。そして「世宇子のほうが可愛いさ」と余計なことを言いだした。

「そりゃあ世宇子ちゃんも可愛いだろうよ。でも美晴ちゃんはなんていうのかな、別格でしょう」そこまで言ってから、主人はお父さんが自分をにらみつけているのに気づいた。「あのぉ、うん。はは。翔くんのはワサビ抜きでいいんだったよね」

すっかりお父さんの機嫌が悪くなってしまった。帰り道、あの莫迦とか、母親の葬式にでないなんてと言ってるのが切れ切れに聞こえた。独り言の声がでかいのは美晴さんといっしょだ。

「あれ？」翔が家に入る道の角を指さした。「美晴さんだ」

たしかにそうだった。煙草を買いにいくとでていったときと同じ、喪服を着ていた。サンダルも同じようだ。ただし手ぶらではなかった。大きな紙袋をいくつか持っていた。所在なげに立っていた美晴さんは、世宇子たちに気づくと、大きく手をふった。

「どこいってたんだぁ、おまえはぁ」と声をあげると、お父さんが走りだした。お母さんがあわててそのあとを追いかけた。世宇子も翔もつられて走った。手をふっていた美晴さんは、お父さんの怒気に満ちた咆哮《ほうこう》に、恐れをなしたらしい。紙袋を放りだすと、くるりとむきをかえて逃げていってしまった。

家族五人で町内を三周ほどしただろうか。最初にへばったのは、お父さんだった。足をとめると、「怒らないから、戻ってこい」と息も絶え絶えに告げた。そのうしろでお母さんも世宇子も翔も立ち止まり、ぜいぜいと息をついた。テニスコートの脇の道は、鋪装されておらず街灯もない。犬の散歩で通りかかったオバサンが、世宇子たちを見ないよう、足早に去っていった。

サンダルを脱ぎ捨て、裸足《はだし》の美晴さんも立ち止まり、こちらを見ている。

「ほんとに怒らない？」

「ほんとだ」お父さんはその場に座りこんでしまった。「だがひとつだけ聞かせてくれ。おまえ、どこいってたんだ」

美晴さんは少し躊躇《ちゅうちょ》してから、答えた。「京都と奈良」

「なんだ、その修学旅行みたいな行き先は」と言ってから、お父さんははっとしたようだ。「修学旅行か」とささやいた。

「お土産《みやげ》買ってきたよ。兄さん」

月明かりの下、距離もあるし暗いので、はっきりとは読み取れないが、美晴さんはその声からして、寂しそうな顔をしているように思えた。

「開けて。世宇子。起きてるんでしょ。早く開けて。早く早く早く」

台所側の襖のむこうから美晴さんの声がした。

まるでだれかに追われているようだ。

世宇子は布団から飛びでて襖を開けた。

「はい、そこどいて」

美晴さんは寝具を一式、抱えもっていた。一階と二階を往復するのが面倒だったとみえる。世宇子がどく前に、布団はずるずると美晴さんの両腕から逃げだすように下へ落ちていった。

「あぁあ」と美晴さんは落胆の声をあげた。

「どうしたの？」

「なんだか眠れなくてさ」

美晴さんは世宇子のとなりに布団を敷いた。こういうことはたまにある。世宇子も美晴さんの部屋で寝かせてもらったりもするし、お互いさまだ。

「美晴さん、お酒くさいよ」

「さっき寝酒呑んだのよ。兄さんのジャックダニエル、おちょこに一杯。でも駄目だった」

枕元《まくらもと》の電気スタンドを消すと部屋の中は真っ暗になった。闇《やみ》に目がなれると、壁にかけてあるセーラー服がぼんやりと浮かんだ。

「ごめんね、世宇子」

ふいに美晴さんが声をかけてきた。

「なにが？」

「あんた、八ツ橋、生のがよかったんだね。焼いたの買ってきちゃって」

「焼いたのもおいしかったよ」

沈黙が訪れた。寝ちゃったのかなと思ったが、美晴さんがもぞもぞと動いているのがわかった。

「美晴さん、起きてるの？」

「ああ、ごめん」彼女はもう一度、あやまった。「動かないようにするよ」

「あのさ、ひとつ、きいてもいい？」

「ん？」

「はじめから京都と奈良にいくつもりで、あたしにサンダルもってこさせたの？」

「最初は煙草を買いにいくつもりだったんだけどさ。気が変わって京都と奈良にしたんだ」気が変わり過ぎる。「でね、バイト先の古本屋のオバサンに無理いって、五万借りていってきちゃった」

「でもどうして」京都と奈良なの、と訊ねる前に、美晴さんが言った。

「母さんといったことあるんだ」

「おばあさんと？」

「そう。あんたがこれからいく第三中ってさ、三年生の六月に修学旅行があるのよ。それをさ、あたし、お腹《なか》こわしていけなかったんだ」

修学旅行。お父さんがささやいたのを思いだす。

「でね、その年の夏休み、母さんが連れてってくれたの。修学旅行とまったく同じルートをね。旅館もおんなじ」

はじめてきく話だった。

「三十三間堂も清水寺も奈良の大仏も、ぜんぶ母さんといっしょに見たのよ。母さん、はりきっちゃってさ。すごかったのよぉ。いくとこいくとこ、ガイドしてくれたの。あたしのために勉強したんだって。夜は夜で枕投げしたし」

「枕投げ？」

「そうそう。どうやってもってきたか知らないけど、お風呂《ふろ》からあがると部屋に枕がつみあげてあってさ。母さんが枕投げやろうって言うのよ。莫迦みたいでしょ。いやだって言うと、すねちゃって。しようがないから、枕ひとつ、ぶつけてやったのよ。そしたら今度はむきになって、親になんてことするんだって。自分でやろうって言ったくせによ。で、枕、思いっきり投げつけてきた。あれはけっこう痛かったなあ。母さん調子に乗って何個も投げてくるから、あたしも悔しくてぜぇんぶ投げ返してやった。ま、結局、やったわけよ。親子ふたりで枕投げ。莫迦だよねえ」

話が途切れた。洟《はな》を啜《すす》る音が暗闇に響いた。

「まるっきり同じルートじゃないし、旅館も違ってたけど、母さんといったところ、いってきたんだ。葬儀屋の知らないオッサンらが仕切る葬式にでるよりも、そっちのほうが、あたしにとっては、ずっと、ずっと」

そこからさきは言葉にならなかった。世宇子も枕に顔をうずめ、静かに泣いた。

「母さん、母さん」

美晴さんが幾度も幾度もそう呟くのが聞こえた。

「母さん、母さん」

幾度も。幾度も。

第2話　バランスタワー

お風呂《ふろ》からあがったあと、台所で牛乳を飲むのが世宇子の日課だった。子供の頃から愛用しているプラスチック製のコップに牛乳を注《つ》いでいると、勝手口の脇《わき》にある電話が鳴った。

時計はもう九時をまわっている。夜更けというほどでないにしろ、こんな時間にだれだろう。

世宇子はそう思いつつ、受話器をとった。

「もしもし」

「美晴？」男のひとだ。

「いえ、あの」

「明日、いいだろ」

甘ったるいいやらしい声だった。世宇子は背筋に冷たいものが走るのを感じた。

「あたし、美晴さんじゃありません」

そう言うのが精一杯だった。

美晴さんがひょっこり顔をだした。彼女は、襟元がくたびれた黄色のTシャツを着て綿入れの半纏《はんてん》を羽織っていた。下は臙脂色《えんじいろ》のジャージだ。膝《ひざ》のあたりが擦り切れている。妙齢の湯上がり女にしては色気のかけらもない格好だ。

世宇子は受話器を差しだした。

「あたし？」

「そう。男のひと」

「あ、もう九時んなってたか」美晴さんは受話器を受け取り、耳にあてた。「もしもし。ああ、ごめん。いまの？ 姪《めい》っ子よ」

興味はある。でも突っ立って聞いているわけにもいかない。世宇子はコップを持ち、美晴さんの前を過《よ》ぎると、自分の部屋の襖《ふすま》を開けた。

「うん。だから明日は駄目だって。え？ そう。前にも言ったでしょ」

世宇子の部屋と台所は襖一枚しか隔たりがない。聞き耳をたてなくても、美晴さんの声が洩《も》れ聞こえてくる。

明日はゴールデンウィーク初日だ。家族みんなで遊園地にでかけることになっている。翔が商店街の抽選会で招待券をひきあてた。五名様まで入園料がタダ、乗り物も一日乗り放題だった。美晴さんもいくはずだ。

「違うわよ。どうしたら、そんな子供じみたことが言えるの？」

いつもと声がちがう。

美晴さんはほぼ毎朝十時に、土日祝日かまわず、勤め先というかバイト先の幕間堂《まくあいどう》書店へ電話をいれ、「今日、あたし必要でしょうか?」なんてことを呑気《のんき》にきく。そういうときはあっけらかんとしたおっきな声だ。それとはまるでちがう調子。

おんなの声だ。美晴さんはたしかにおんなである。でもおんならしくはない。男らしいというのではむろんない。男女の性別を超えたなにかべつの生き物なのだ。だがいま聞こえてくる声は、あきらかにおんなの声だった。

「わかったわ。どうにかするけど期待しないで」

世宇子は総毛立った。とてもじゃないが聞いていられない。

本棚の脇にあるカセットデンスケとヘッドホンを持ち、机の上に置く。

最近、通学の電車ん中ではウォークマンでこればっか聞いてるんだ。サイコーなんだ。姫もぜったい気に入ると思うからさ。やる。

おばあさんの葬式のあいだ、ずっと泣いていた世宇子のことを気づかってなのか、その日の帰りがけ、自由がカセットテープをくれた。デンスケの中のはそれだ。再生ボタンをがちゃりと押した。ヘッドホンからしゃがれた男のひとの歌声が流れてくる。はじめて耳にしたときは少し気味が悪いと思ったが、何度も聞いているうちに良さがわかってきた。あるいはわかった気になれた。

ジュウ兄さんが好きなのだから、いいに決まっているもの。

世宇子は机にうつぶせになり、音楽に聞き入った。こうしていると自由と繫《つな》がっているようだ。

それこそサイコーの気分だった。


二曲目がはじまりかけたとき、背中をだれかが触った。

「わぁぁ」と声をあげ、ふりむくと、美晴さんがいた。

「なに?」と訊《たず》ねると、美晴さんは世宇子の耳からヘッドホンを外し、デンスケの停止ボタンをがちゃりと押した。

「これ、学兄さんのじゃないの?」

「もうずいぶん前に譲ってもらったの」

「いまはもっとちっちゃくて便利なのがあるじゃん」

「あたしはごつくて、おっきいこいつがいいの」

強がりではない。本気でそう思っている。

「二階きなよ」

「え?」

「バイト先でさ、おもしろいもんもらってきたんだ。だからね」

二階の二部屋が増築されたのは、世宇子のお母さんがお嫁にきたときだ。階段をあがって手前の部屋は、おじいさんとおばあさんの寝室で、おじいさんが亡くなってからはおばあさんがひとりで使っていた。一時期、一階の世宇子の部屋と入れ替わるという話もあったが、おばあさんが面倒がって流れた。そのおばあさんも亡くなり、いまはだれも使っていない。近い将来には、いまだ両親と寝ている弟の部屋になるだろう。すぐに使っていいのだが、翔はそれを渋った。

奥が美晴さんのだ。世宇子のと同じ四畳半なのに広く感じるのは、なにもないせいだ。本棚はないし箪笥《たんす》もない。本は買ってもお父さんや世宇子の本棚に入れてしまう。服も同様で、亡くなったおばあさんの箪笥につめこんである。

机もない。昔からない。学校の宿題や勉強は、台所の食卓でするか、お父さんか叔父《お》さん《じ》の部屋で寝そべってやっていたそうだ。机にむかうと寝ちゃうしだれかに見張ってもらってないとすぐさぼっちゃうから、とは美晴さんの弁だ。つづけてこうも言っていた。べつに自分の部屋とかほしくなかったんだ。

和室の真ん中に塔がそびえたっていた。

ただし高さは三十センチほどで、直方体の木が幾重にも重なっているだけだ。おもしろいものとはそれのことだった。

「バランスタワーっていうのよ。この木をかわりばんこに一本ずつ抜いていくの。で、バランスを崩してタワーを倒しちゃったひとが負け」

「へえ」美晴さんの説明に、興味ないといった表情で返事をしたが、世宇子はすでにやる気でいた。「なんでこんなもの、仕事先でもらえたの？」

「本を売りに来たお客さんがさぁ、お金はいらないからこれも引き取ってくれないかって置いてっちゃったんだって。オバサンがあんたいらない？　っていうんで、もらってきた」

幕間堂書店は古本屋だ。美晴さんは主に店番をしている。短大に在学中からはじめているので、十年にはならずとも八、九年はやっているはずだ。以前はもっとまともな仕事につけと怒っていたお父さんも、最近は言わなくなった。よく考えれば、美晴さんがまともな仕事になんかついたら世間様に迷惑をかけるばかりだ。

「はじめようか」美晴さんはどこからだしてきたのか、禁煙パイポをくわえていた。

ゲームは予想以上に楽しかった。はじめのうちはふたりともすぐに塔を崩していたが、くりかえすうちに要領をつかんでいき、長続きするようになった。こうなるとなにか賭《か》けようと言いだすのが美晴さんだ。

「今からさきに三回勝ったひとが肉まんおごってもらうことにしよ。大通りにでる手前の角にコンビニできたでしょ、あそこで買ってくればいいわ」

「もう十一時過ぎてるよ」

「あそこ午前一時までよ」

そういう問題ではない。

「こんな時間に外へでかけようものなら、お父さんに怒られちゃうよ」

「あんたが負けたときは、ついてってあげるわよ。だから。ね？」

結果は世宇子の勝利だった。

「あんた、外寒いからカーディガン着てきなよ」

「え、あたしもいくの？」と世宇子は驚いた。

「うら若き乙女《おとめ》をひとり、夜の町に放りだすつもり？　あんたが負けたときはついてってあげるって言ったでしょう？　つまりあたしが負けたときはあんたがついてくるってことよ」

「もういいよ、別の日で」と立ちあがりかけた世宇子の腕を美晴さんは、がしっとつかんだ。

「今日の借りは今日のうちに返したいの。あ、ほら、今日がもう終わっちゃう」四月二十八日は残り十五分程度だった。「いこいこ。ね」

翌朝、目覚めると、全身に汗をかいていた。起き上がろうとしたものの、上半身を起こすとめまいがした。頭が重くて熱い。ふたたび横になることにした。これはまずい。

「世宇子、起きなさい」とお母さんが部屋に入ってきて雨戸を開けた。「いいお天気よ」

そこでお母さんは世宇子の異変に気づいた。

「顔色が悪いわよ。どうしたの」答えようとしたが、うまく言葉を発することができなかった。お母さんはしゃがんで、世宇子の額に手をあてた。ひんやりとして気持ちがよかった。「ひどい熱」

お母さんが体温計をもってきた。三十八度五分だった。

「あなたぁ。ねえ」お母さんが呼ぶと眠そうな顔つきのお父さんがあらわれた。「世宇子、風邪《かぜ》みたいなのよ」

「ナスビに電話するか」

ナスビとは那須《なす》医院の院長さんだ。お父さんの小学校から中学にかけての同級生でもある。この町の大人の大半がお父さんの先輩か同期生か後輩だった。なかには初恋のひともいるかもしれない。ただし、お母さんはよその町のひとだ。

「今日、休日でしょう？」とお母さん。「診《み》てくれるかしら」

「おれが電話すりゃあ、かけつけてくるさ。待ってろ」

お父さんは台所へ移動した。襖は半分ほど開けたままだ。

「お姉ちゃん、風邪なの？」

食卓に座る翔が、世宇子からわずかに見える。

お父さんが「あぁ、もしもし」と言うのが聞こえた。電話の位置はお母さんに隠れて見えない。

「ナスビ？　ああ、おれ」おれで通じるのがさすが三十年以上のつきあいである。「世宇子が風邪をひいたんだ。診にきてくれよ。え？　熱？　母さん、熱何度あるかって」

「三十八度五分です」お母さんが声をはりあげて答えた。

「三十八度五分だって。咳《せき》はしてないよ。いいから早くこいよ。ちょいちょぃと診て、注射うってくれりゃあすむだろうが」

「なに？　どうしたの？」

美晴さんだ。どこにいるのだろう。

「注射うっても急にはよくはならないわよねえ」とお母さんはふたたび世宇子の額に触れた。

「あんにゃろう」どかどかと音をたててお父さんが戻ってきた。「ナスビの野郎、ゴールデンウィークはグアムだとよ。カナヅチのくせに、スキューバダイビングしにいくんだなんてぬかしやがって」息まくお父さんは、世宇子の枕元《まくらもと》に座った。「これから成田だっていうから、途中、うちに寄れって言ってやった。あと十分もしないうちにくるはずだ」

「遊園地、いくんでしょう？」翔の声が甲高くなっていた。「あの無料招待券って四月一杯なんだからさぁ。今日逃すともう駄目ってことだよ」

「いいよ」世宇子は健気《けなげ》に言った。「みんなでいってきなよ。あたし、寝てるからさ」

「でも」とお母さんは戸惑い気味だ。

「ぼくが当てたんだよ。ねえったらぁ」

椅子《いす》に座る翔の両足がばたついているのが見える。

昨夜《ゆうべ》、外へ出歩いたのがまずかった。誘ったのは美晴さんだが、断りきれなかったあたしがいけなかったのだと世宇子は熱のある頭でぼんやり思った。

ぎーがらがが。玄関の引き戸の音がする。

「おはよぉうございますぅ」

「お、ナスビ、もうきたか。優秀、優秀。こっちだこっちぃ。早くあがってこい」とお父さんは大声で怒鳴った。

「なんだ、ナスビ、その格好」

お父さんがあきれ顔になるのも無理はない。那須先生はフラダンスを踊っている女性が描かれたアロハシャツを着ていた。それだけならばまだいい。ポマードべっとりの頭には、サングラスが載っかっていて、首からカメラがぶらさがっている。お父さんじゃなくてもなんなのだと思う。

「言っただろ、グアムいくんだって」那須先生はムッとした顔つきで腰をおろした。持参してきた黒い鞄《かばん》の中から、診察用の道具をさまざまだした。「しようがないから女房と息子はさきにいかせたよ」

「グアムにいくのはいいよ。カナヅチのおまえがスキューバをやるのもいいさ。だけどもよ、その格好はグアムにいってからすべきじゃないのか」

「昔、五年のときの担任だったオオイシ先生が言ってただろ」と那須先生。ふたりともまるでガキだ。「家に帰るまでが遠足ですよって。ぼくはね、家をでたところからグアム旅行なの。だからこういう格好でいたいの。なのに急患だなんて、気分が滅入《めい》っちゃうよ。あ、いや」

那須先生は、世宇子の視線に気づいて口ごもった。

「世宇子ちゃんを責めてはいないよ。うん。熱は何度でしたっけ」

「三十八度五分です」とお母さんが答えた。

「はい、口を大きくアーンと開けて」那須先生はペンライトのようなもので、横になったままでいる世宇子の口の中を照らした。「だいぶ赤く腫《は》れてる。つばを飲みこむだけで痛いでしょう」

世宇子はこくりとうなずいた。那須先生は布団をはぎ、「前、あけてくれる？」と言った。つぎの瞬間、ぱかんと音がした。

「痛《いて》えな、学」

那須先生がお父さんに叩《たた》かれた後頭部をさすっていた。

「うちの娘、裸にしてどうしようっていうんだ」

「どうするって」那須先生は聴診器をかざした。アロハシャツに聴診器はミスマッチもいいとこだ。「診察するに決まってるだろ」

「もう口ん中のぞいて、だいたいわかっただろうが」

「そういうもんじゃないんだよ」

「どういうもんだっていうんだ」

ありゃりゃ。お父さんは先生の胸倉をつかんでいる。

「いい加減にしてください、学さん」

お母さんの鋭い声が飛んだ。彼女がお父さんを名前で呼ぶのは、本気で怒っているときだ。

台所の翔の足が視界に入った。もうばたつかせていなかった。

お父さんは那須先生から手を放した。

世宇子だってみんなの前で胸をさらしたくない。お父さんと同い年のオジサンになんか触れられたくもない、まっぴら御免だ。でもお父さんのように憤られると、さらに恥ずかしくなるばかりだ。

「わかったよ。とりあえず注射一本、うっとこう」

那須先生は聴診器を外して、鞄にしまっていた。

「今日一日我慢すれば治るよ、世宇子ちゃん」先生はお母さんのほうを見た。「処方箋《しょほうせん》を渡しておきますから、あとでクスリをもらってください」


注射をうってもらうと、少し熱がさがったように思えた。喉《のど》の痛みも和らいだ気がした。だがとてもではないが、遊園地にいく元気はない。お母さんが濡《ぬ》れたタオルをもってきて、額に置いてくれた。

「みんなでいってきて」と世宇子はくりかえしたが、お母さんは取り合わなかった。

「駄目よ。なにかあったら大変でしょう」

「あたしが残るわ」

意外なひとが申しでた。美晴さんだ。

「えっ」お母さんが妙な顔をした。「だいじょうぶ？」

「留守番して世宇子の看護をするだけでしょ。翔にだってできるわ」

「ぼくも留守番しなくちゃいけないの？」

台所で翔が的外れなことを言う。

「あんたがいかなかったら、学兄さんと義姉《ねえ》さんふたりでデートすることになるわ。ま、それはそれで一興かもしれないか」と美晴さんが笑った。両親もつられるように笑った。それでも翔は「ぼくは遊園地にいっていいんだね」と念を押していた。「ぼくが当てたんだから」


「美晴さん、よろしくお願いしますよ」

玄関口からお母さんの声が聞こえる。

「楽しんできてね。お土産《みやげ》も忘れずに」と美晴さんが答えていた。

「いってきまぁぁす」

翔の声は弾んでいた。ほんとうに楽しそうで、世宇子は腹が立った。ちょっとはあたしに気ぃ遣っても罰あたんないでしょうが。

がらがらぎっぎーがらがらぴしゃん。

玄関の引き戸は途中の閉まりが悪く、変な音をたてる。職人を呼んで直すまでもないだろうと、つい先日お父さんが手をくわえたのだが、よりいっそう閉まりが悪くなった。それでも家のものはなにも言わずにいた。それを指摘するとお父さんの機嫌が悪くなるし、いつものことだとあきらめている節もあった。

三人がでていって、家の中は急に静かになった。窓の外から雀《すずめ》の鳴くのが聞こえてくるだけである。

しゅしゅしゅしゅしゅ。

美晴さんの足音だ。

こうして横たわっていると、はっきりと聞こえるものだ。

お父さんはどかどかどかどか。お母さんはたったったったっ。翔はとととととと。足音にも性格がでる。

そして美晴さんはしゅしゅしゅしゅしゅ。

あたしはどうなんだろう。

世宇子は額に載せられた濡れタオルを折り直し、冷たい部分を当てた。まったくあたしはついていない。自分の不幸な運命を呪《のろ》いながら天井の木目を見あげていた。

「どう？」美晴さんがやってきた。いまの自分の不幸は直接ではないにしろ、遠因はこのひとにある。「やっぱ、あれ？　昨日、夜、連れだしたせい？」

なんだ、気にしているんだ。

昨夜はコンビニで、肉まんはお腹《なか》にもたれるだろうからと思い、アイスクリームをおごってもらった。美晴さんはなぜか鮭《さけ》のおにぎりを買っていた。

「違うと思う」

「あ、そうだよね。はは。あたし、カーディガン着てけって言ったものね。着てかなかったあんたがいけないよ」

世宇子がにらんでも、美晴さんはほっとした顔つきで、にこにこしている。まったくもう。

「だいぶ生温《なまぬる》くなってきてるわね。水に浸してくるわ。それとも氷にしよっか」

美晴さんは世宇子の額から、濡れタオルをとった。

「タオルでいいよ」

戻ってきた美晴さんが載せてくれたタオルは、きちんと絞っていないせいで、何ケ所からか水が布団へ垂れていった。文句を言おうにも気力がでない。

「あんた、顔が朝より赤いんじゃない？　体温計ろう。体温。あれ、体温計どこだ？　義姉さんしまっちゃったのかな。ちょっと見てくる」

美晴さんはふたたびいなくなった。まったく気ぜわしい。

世宇子はタオルを額からとり、布団をはがすと、膝をたててゆっくりと立ち上がった。少しめまいがするし、足もふらつくが、どうにか窓へ寄った。おばあさんの葬式のとき、ここから美晴さんは逃げて京都と奈良へ旅行にいってしまった。あれからまだ一ヶ月も経っていない。

壁にかけてあるセーラー服を見た。おばあさんが生前、買ってくれたものだ。それが最後の買い物になった。おばあさんがいればきっとあたしを看《み》てくれただろうに。

窓を開くと、さわやかな風が吹きこんできた。外に手をだし、握ったタオルをぎゅうっと絞った。力は入らなかったが、だいぶ水気はとれた。

音楽でも聞こうかな。

自由からもらったカセットテープ。それがいちばん風邪に効きそうな気がする。デンスケは本棚の脇だ。

「なにしてんの」美晴さんの鋭い声がとんできた。「寝てなきゃ駄目じゃん」

「空気入れかえたかったの」

満更、嘘《うそ》でもないことを言い訳にした。

「そういうのはあたしがやるからさ。そのためにいるんだから。ささ、寝て寝て」近づいてきた美晴さんは、世宇子に手を添えてくれた。「あんた、すごい汗かいてるじゃないの」

濡れタオルから流れた水が、顔のそこかしこに残っていたのを勘違いしたらしい。だが事実、背中や脇のしたに汗をかいている。

美晴さんは世宇子が横たわるまで支えてくれた。やればできるじゃん、と看護される身でありながら感心した。

そのとき電話が鳴った。美晴さんはひょいと立ち、台所へいこうとしたが、「おっと、いけない。これこれ」と体温計を世宇子の口にくわえさせた。突っ込んだと言ってもいい。

「じっとしてるのよ。いいわね」

襖を後ろ手で閉めようとしたが、うまくいかなかった。美晴さんは一度ふりかえったが、ま、いっか、と小声で呟《つぶや》き、でていった。

横たわる世宇子の視界から美晴さんは消えた。そのかわり、「はい、もしもし」と潑《はつ》剌《らつ》とした声がする。だが次の瞬間、そのトーンは下がった。

相手がだれであるか世宇子にはわかった。昨夜の男だ。美晴さんの声がおんなになる。

「あ、うん。いるよ。姪がね。そう、昨日でた子。風邪ひいて。ほんとよ」

やっぱりデンスケが必要だよ、と思っていると、「ごめん。切るわよ。ね。じゃ」と美晴さんは電話を切った。そして戻ってくると、中腰で世宇子の口から体温計を引き抜いた。

「三十、六、七、八、九。三十九度？　朝よりあがってるわよ。ナスビの先生ったらどんな注射打ったのかしら」

美晴さんは体温計をぶんぶんふりまわしながら立ち上がり、また部屋をでた。今度はきちんと後ろ手で襖を閉めることができた。

世宇子は電話の相手が気になってならない。

「美晴?」「明日、いいだろ」

昨夜、受話器から聞こえてきた甘ったるいいやらしい男の声が、耳の奥でよみがえる。

恋人かな。だとしたら美晴さんもずいぶん趣味が悪い。

これまで叔母には浮いた話が滅多になかった。ほんとうにいないのか、じょうずに隠してきたのか、それはさだかではない。
七、八年ほど前、男のひとを家に連れてきたことがあった。なぜか縁側で、世宇子をふくめた三人で七並べをしたのを憶えている。思いだそうとすると、男のひとの顔はなぜか自由になってしまう。
生前のおばあさんからこんな話をきいたことがある。

美晴はね。中学から高校にかけて、えらくもてていたんだよ。学校いくときなんかに、家の前で男の子たちが待ち伏せしててさ。それもひとりじゃないんだ。三、四人いて、喧嘩《けんか》んなったりするんだよ。その横を美晴はすずしい顔して通り過ぎていくんだ。

ほんとうかな、と思い、本人にたしかめもした。

オーバーね、母さんも。三、四人じゃないわ。二人だけ。喧嘩があったのは四回。はじめの一回は止めに入ったけど、あとは面倒だったから、逃げちゃったのよ。

美晴さんが足で居間のほうの襖を開けた。両手におばあさんの布団を抱えている。去年のおばあさんの誕生日に勉叔父さんがプレゼントした、この家でいちばん高級な布団だ。敷布団、掛け布団いずれも羽毛百パーセントの代物で、あんまりふわふわしてかえって寝つきが悪くなったよと言いながら、おばあさんは倒れる前日までつかっていた。

美晴さんはそれを押し入れの前に降ろした。襖は閉めていない。

「はい、これに着替える」

布団の上に置いてあったパジャマが差しだされた。ウサコチャンの顔がそこらじゅうにプリントされている。

「これ着るの？」

「あたしのお古」

替えのパジャマだったら箪笥にあるのに、と世宇子は思ったが、口にする気力がなかった。すると美晴さんはその箪笥を物色しだした。

「下着は何段目？　だしてあげるよ」

「い、いいよ。あたし、自分でだす」

世宇子はおぼつかない足で美晴さんのほうへ寄っていった。

「遠慮することないでしょ」

「ほんといいって」

箪笥まで辿《たど》り着くと、美晴さんにしがみついた。

「なによ。なんか隠してるの、ここに？　日記とか」

「なんにも隠してないよ。いいから布団とりかえて」

　ほんとうになにかを隠しているわけではなかった。しかし叔母とはいえ、ひとに自分のもの、それも下着をさぐられるのはたまらなく嫌だった。

「やあね。世宇子は秘密主義で」美晴さんは見当違いの批難をした。「ま、いいわ。女は秘密があったほうが魅力を増すし」

　それから世宇子が寝ていた布団を二つ折りにして、居間へ放りだし、おばあさんのだった布団を敷いた。てきぱきというより、ぞんざいな美晴さんの作業を横目で見つつ、世宇子は着替えをすませた。ウサコチャンのパジャマは、つんつるてんだった。

「もう十二時過ぎだけど、あなた、どうする？」世宇子の脱いだパジャマと下着を手にして美晴さんが訊ねてきた。「おかゆつくろっか。それともうどんがいい？」

「おかゆとかつくれるの？」

「当たり前でしょ。待ってて。おいしいのつくってあげっから。さ、寝て寝て」

台所からさまざまな音がする。ときどき美晴さんが「あれ？」とか「どこだぁ」とか呟くのが聞こえた。

どれくらい時間が経ったかはわからない。二十分、あるいは三十分くらいだろうか。ごろごろ、ごろごろ、と音がする。居間側の襖が開かれ、美晴さんが丸テーブルを転がしながら入ってきた。折り畳み式の脚を伸ばし、布団の脇に置いた。

「世宇子、ひとりで起きられる？」

「うん、まあ、なんとか」

「いま、おかゆ持ってくるね」

美晴さんが去ってから、布団のはしっこに座り、丸テーブルにむかった。家族用のもので、ひとりで使うにしては大きすぎる。美晴さんとふたりでもまだ大きい。

美晴さんはお盆をもって戻ってきた。

「よっこらせっと」

土鍋《どなべ》に茶碗《ちゃわん》と箸《はし》、おこうこがお盆から丸テーブルへうつしかえられていく。よく考えてみれば、美晴さんの料理なんてはじめてかもしれない。たとえそれがおかゆであったとしてもだ。

「ささ。食べよ。食べよ」

小さなお玉で、鍋からおかゆを茶碗へよそう美晴さんは、ふつうだった。こうしたふつうのことがこのひとにできたなんて、と世宇子は感心してしまう。

「おいしいでしょ。あたしのおかゆ」

風邪のせいで舌が莫迦《ばか》になっているので、味はさっぱりわからなかった。熱いのだけはたしかだ。喉を通るとき、痛みを感じるのでぐっとこらえた。

「料理つくれたんだ、美晴さん」

「莫迦にしないでよ。これぐらい、ちゃっちゃっちゃっちゃ、よ」

だったらお母さんの手伝いすればいいのに。

「おかゆ以外にもできるの？」

「カツ丼《どん》天丼親子丼。ちらしずしもできる。ぜんぶ学兄さんに教わった。これもそう。でも学兄さんは炒飯《チャーハン》がピカイチ」

「お父さん？　お父さん、料理するの？」

「あのひと、地方の国立大いってたからね。その四年間、自炊だったのさ」

「お父さんが自炊？」

「なんだ、知らなかったの」

「初耳」

「あたしが小さい頃にはよく食べさせてもらったよ、学兄さんの炒飯。具がいつも適当に変わるんだ。わざわざ変えるんじゃなくて、そのとき冷蔵庫にあるものつかうの。シーチキンや魚肉ソーセージなんてマシなほうでね、下手《へた》すると納豆とかサクラでんぶとかが入ってたりするんだ。マヨネーズだけっていうのもあったな」

「それ、炒飯って言えるの？」

「さぁ。ケッサクだったのはね。あたしが中学んとき」

美晴さんはまず自分で思いだし笑いをしてから話しだした。

「父さんが、世宇子にとってはおじいさんね、どこかのみやげでキャビアを持ち帰ってきて冷蔵庫に入れてあったのよ。晩酌んとき、ちまちま食べてたらしいの。でね、たしか土曜の午後、あたしが二時すぎに帰ってきたら、なんでか学兄さんがいてさ。腹減ってんだったら炒飯つくってやるって言ってくれて。で、そのキャビア、炒飯につかっちゃったんだ。こんくらいの」と両手で大きさをしめす。「ちっちゃな瓶に四分の一はまだあったかな。ぜんぶいれたの。あとで父さん、カンカンよ。おまえたちにはモノの価値がわかってないって」

声をあげて笑う美晴さんを、世宇子はうらめしそうに見てしまった。

「なによ？」

「おいしかった、キャビアの炒飯？」

「忘れた」

「お父さんは、いつまで美晴さんに炒飯つくってくれてたの？」

「いつぐらいまでだったかな。そっか、あんた、食べたことないんだね。じゃあさ、今度つくってくれるよう、お願いしてみな。あたしからも言っとく」

そのとき電話が鳴った。美晴さんは台所のほうをちらりと見たが、立ちあがろうともしなかった。ついさっきまでの笑顔をひっこめ、眉間《みけん》にしわを寄せ、自分のつくったおかゆを黙々と食べるだけだった。

電話は鳴りつづけている。

「いいの？」

「なにが？」

恐い顔でにらまれてしまった。世宇子はそれ以上、なにも言わなかった。そのうち電話は、ちん、と音をたてて切れた。

「はい、ごちそうさま。もういいわよね？」と言いながら、美晴さんは自分の茶碗などを次々、お盆に載せている。

「あ、うん」

美晴さんの片付けは素早かった。丸テーブルを居間へ運んだあと、「あんた、たまご酒呑《の》んでみる？」と訊ねてきた。「からだがあったまっていいわよ」

世宇子が返事をする前に、さっさと台所へいってしまった。

「これ、呑むの？」

湯呑み茶碗の中の黄色い液体は、喉越しがぜったいいいはずのない、どろりとしたものだった。そのうえ、異様な匂《にお》いを放っている。

「たまご古そうだったけど、アルコールと相殺《そうさい》してだいじょうぶよ」

ほんとうに相殺するものだろうか。

「これってお酒だよね。未成年のあたしが呑むのはマズいと思うんですけど」

「いいから鼻つまんで一気に呑んじまいな」

世宇子は覚悟を決め目をつむると、たまご酒を呑み干してしまった。喉を通って、腹の奥底に移動していくのがわかった。思わずげほげほ咳《せ》きこんだ。

「莫迦ね。ほんとに一気しちゃ駄目だよ」

なにをいまさら。

「ギモヂガワルイ」

「ささ、寝て寝て。これでさ、汗、うんとかけば治るわよ」

まぶたが重くなってきた。

そうだ、寝てしまえばいいのだ。ならば美晴さんがなにしようと気にならないし。世宇子は目を閉じると、数秒もしないうちに眠りについた。

夢を見た。自由と暮らしている夢だ。

自由と朝食を食べている。場所はいま住んでいる家の台所で、献立はなぜか朝から炒飯だ。

そのとき世宇子は、あたしはジュウ兄さんのお嫁さんになったんだと気づいた。小学校三年生ぐらいまで、そうなるものだと本気で思っていた。自由が家に来る度に確認をしたものだ。四つ年上の従兄《いとこ》は微笑《ほほえ》みながら、それはいい考えだと答えてくれた。

だが夢の中の自由は微笑んでいない。一心不乱に炒飯を食べるばかりだ。具はなにが入ってるのかわからない。シーチキン？　魚肉ソーセージ？　納豆？　サクラでんぶ？キャビアは駄目だよ、おじいさんに叱《しか》られる。

おい。とつぜん自由が目を見開き、乱暴な口調で言った。おまえ、どういうつもりなんだよ。なあ、いいじゃんかよ。

ちがう。このひとはジュウ兄さんなんかじゃない。ジュウ兄さんはあたしのこと、おまえなんて呼ばない。姫って呼んでくれるもん。

世宇子は泣きたくなった。

「いいじゃんかよ」

「駄目よ。なに考えてるのよ」

だれかの声がする。ひとりは美晴さんだ。もうひとりは男のひと？　でもどうして。

「おまえに会いたくてきたんだからさ」

間違いない。昨夜の電話の男だ。

「嫌だって。よしてよ」

「おまえっていつもそうだよな」

「なにがよ」

「するときいつもはじめは嫌がる」

世宇子の背中に寒気が走った。風邪のせいばかりではない。襖のむこうで起きようとしていることがおぞましく、震えがとまらなかった。

「莫迦言わないで。ねえ、帰ってよ。姪が起きるわ」

胸がむかついてきた。たまご酒の異様な匂いが口の中に甦《よみがえ》る。自然とゲップがでてしまい、あわてて手で口をふさいだ。だがさらに吐き気を催した。我慢しようにもどうすることもできない。胃が動いているのがわかる。

「じゃ、おまえの部屋いこ。な」

もう限界だ。世宇子は飛び起きた。

襖を開けた。美晴さんと男がいた。ふたりがどんな表情なのか、見ている余裕はなかった。

両手で口を押さえ、世宇子はトイレへ駆けこんだ。

「おまえは莫迦かっ」

居間のほうから、お父さんが怒鳴るのが聞こえた。美晴さんが叱られている。こっちはまだからだが本調子じゃないんだ。もう少し静かに叱ってほしい、と布団の中の世宇子は思った。

「学さん」お母さんの感情をおさえた声もした。こういうときのお母さんがいちばんこわい。「となりで世宇子が寝ているんですから、小さな声でお願いします」

「うん。ああ。そうだった」

さすがお母さん。

「いったいどこの世界に、たまご酒をジャックダニエルでつくる莫迦がいる」

「日本酒がなかったのよ」美晴さんだ。

「ば、莫迦っ」お父さんの声のボリュームが元に戻った。「雨が降ってきたんで、早めに帰ってこられたからよかったものを。一歩遅ければ、世宇子はどうなってたか」

「おおげさよ、学兄さん」美晴さんはあっけらかんとしている。「世宇子はつづけざまに三回吐いてたし。あれですっかりお酒抜けたから急性アルコール中毒にはならずにすんだのね」

はじめの一回は自力で吐いた。残りの二回は美晴さんが口に指をつっこんできた。男はそのあいだに、家をでていったのだろう。彼について世宇子は家族のだれにも言うつもりはなかった。

「あたし、酔っぱらいの面倒みるのは馴《な》れてるからね。お手のものよ」

ぴしゃりと音がした。

「学さん、なんてことを」お母さんが驚いている。

「口で言ってわからないやつはこうするほかないだろっ」

「平気よ、宇美子義姉さん。父さんに比べれば、兄さんのなんか蚊が刺したくらいよ」

「お、おまえ」

しゅしゅしゅしゅしゅしゅ。

「おい、美晴っ。まだ話は終わってないぞ。おい！　美晴っ！」

ゴールデンウィークはずっと布団の上だった。暇ではあったが、退屈せずにすんだのは、バランスタワーがあったからだ。

お父さんやお母さん、翔と遊んだ。ひとりでやるときもあった。自由も祝日には顔をだして、相手をしてくれた。

おかしかったのは、なんでも器用にこなす自由がいちばん下手だったことだ。上手だったのは意外にも翔だ。

「倒れそうになったら強く念じればいいんだよ」と『モー』の受け売りみたいなことを弟は口走った。


ゴールデンウィークも最終日になった。世宇子は縁側に腰かけ、デンスケで音楽を聞いていた。そこへ美晴さんが「ばあ」とあらわれた。

なにやってんだか、この人は。ついさきほど、垣根のむこうに姿が見え隠れしていたので、別段、驚きはしない。そのままの姿勢で叔母のことをじっと見つめていると、美晴さんは広げていた手をおろした。照れ笑いに似た表情が世宇子は憎らしかった。

ヘッドホンをはずし、「おかえり」と言ってやった。がちゃりと停止ボタンを押す。

「どこいってたの」

けほんと美晴さんは小さく咳払いをして「いろいろ」と答えた。「みんなは？」

「映画観にいってる」

「世宇子はなんでいかなかったの？　まだ調子悪いの？」

からだはすっかりよくなっていた。いかなかったのは翔が選んだ映画が、世宇子の趣味にあわなかったからだ。

「あ、あのさ。あたし、土産、買ってきたんだ。玄関前に置いてあんだけど、いま持ってくるね。峠の釜飯《かまめし》。あんた好きでしょ。いっしょに食べよ。食べれば元気になるから。ね？」

「あたしじゃない」

「え？」

「峠の釜飯を好きなのは翔よ。あたしはだるま弁当」

「あれ？　そうだったっけ？　うん。で、でも釜飯もおいしいから。ね」


その晩、美晴さんは腹痛を起こした。

同じ峠の釜飯を食べた世宇子はなんともなかった。

翌日、グアムから帰ってきていた那須先生に診察してもらっても原因はわからなかった。

今度は世宇子が看てあげた。

「なにが原因かな」

いつも強気でちゃらんぽらんな叔母にしては、しおらしい物言いだった。床に臥《ふ》せっている彼女は、心なしか頰《ほお》がこけていた。

「天罰よ」

「ああ、天罰ね。そうかもなあ」

冗談のつもりで言ったのに納得されてしまい、世宇子は困った。

「世宇子はだるま弁当だったかぁ」

まったく。素直にごめんねと一言あやまってくれればいいものを、どうして駅弁で償おうとするのかしら。

このひとはいっつも逃げてばかりいる。逃げて戻ってくれば、みんなが許してくれると思っている。事実、そうだ。お父さんもお母さんも、帰ってきた美晴さんを見て、ほっとしていた。

みんな甘いよ。あたしは許さないからね。

軽くにらむと、美晴さんはなぜだかにこりと微笑んだ。

それがまた憎たらしく、世宇子はそっぽをむいた。

第3話　おそれ入谷の鬼子母神

世宇子の一学期の成績はまずまずだった。数学の4は納得いかなかったが、国語が5だった。理科の4には驚いた。中間も期末も百点だったので、英語の5は当然だ。

終業式を終えた学校からの帰り道、友達数人と並んで、駅前の商店街を歩いていると、「世宇子」と呼び止められた。

美晴さんだった。藍染《あいぞ》めのしぼり模様のTシャツに、膝《ひざ》のすりきれたジーンズ、それにつっかけサンダルというでたちだ。

かたかたと音をたてて世宇子に近づいてくる。左右に揺れるポニーテールの髪が愛らしい。

「だれ、あのひと?」友達のひとりが訊《たず》ねた。

「世宇子ちゃんのお母さんでしょ」べつのひとりが早合点をする。

「いいなあ、若くて美人で」

お母さんより若いのはたしかだが、お母さんのほうが美人だと世宇子は心の中で憤った。「お母さんじゃないよ、叔母《おば》さんだよ」

「店番してたら、あんたが前通ったもんだから追いかけてきた」

まわりの友達は不思議そうな、あるいは好奇心まるだしの顔で、美晴さんを見ている。

世宇子は恥ずかしくなって、「なんか用？」と鋭い声で訊ねた。

「話があんだ。幕間堂《まくあいどう》、寄ってかない？」とすでに美晴さんは世宇子の右手首をつかんでいた。

「学校の帰りに寄り道するのはまずいよ」と世宇子はまわりの友達を気にしつつ言った。

「叔母のあたしとなら平気でしょ？　ね？」

美晴さんに気圧《けお》されたらしく、友達はみんな「あ、はい」「いいと思います」「だいじょうぶです」とうなずいた。

「さ、いこいこ」

「ちょ、ちょっと、ひっぱらないでよ」

かたかたかたかたかた。

美晴さんのつっかけの音が商店街に響いた。

幕間堂書店のせまい店内は本で溢《あふ》れかえっていた。

「オヤマダくん、いるぅ？」その隙間《すきま》をかきわけるように、美晴さんは奥へむかった。

「オヤマダくぅん」

だれだ、オヤマダくんって。そう思いつつ、世宇子は叔母のあとをおそるおそるついていった。するとどうした拍子か、積んであった本の一部がなだれをおこし、世宇子の上に落ちてきた。

「わぁぁぁ」と悲鳴をあげると、「おおげさね、あんたは」と美晴さんにたしなめられた。おおげさではない。いまの世宇子は膝まで本に埋もれ、身動きがとれない。

「助けてよ、美晴さん」

「自分でなんとかしなさいよ」

叔母は冷たい。口元が弛《ゆる》んですらいる。ひとの不幸を笑うなんて最低だ。

そのとき、世宇子は両脇《りょうわき》の下に違和感を感じた。

「よっこらせ」と背後から声がしたかと思うと、からだが宙に浮いていた。世宇子は驚きのあまり声もでず、身を強張《こわば》らせた。

「この子、どこにおけばいいですかね」

男のひとの声だ。ふり返ると頭が天井に届きそうな巨人がいた。

「あたしの前まで運んできて」美晴さんはにやにやしながら答えた。

「よいしょっと」

巨人のかけ声とともに、世宇子の足は床につくことができた。

「あ、ありがとうございました」

世宇子のお礼にうなずくと、巨人は「どういたしまして」と小さな声で答えた。はい、ご主人様、と言わないのが不思議なくらいの礼儀正しさだ。

「オヤマダくん」美晴さんは、奥にあるレジのむこうにいた。「勝手に店あけちゃこまるじゃない」

よくもまあ、自分のことを棚にあげてと世宇子は思う。しかし巨人はすまなそうに
「喉渇《のどかわ》いたんで、真むかいのコンビニで缶コーヒー買ってたんですよ。すんません」と頭をさげた。

「飲物は冷蔵庫ん中にいくらでもあるわよ」

「そういうのって勝手に飲んじゃまずいと思って」

「平気だって。きみは変なとこに気ぃつかうんだなあ」

「いや、まあ、はあ」

話の流れと美晴さんの性格を考えあわせると、オヤマダくんの意見のほうがまっとうに違いない。

「世宇子、こっちおいで。中で話しよ」

美晴さんはつっかけを脱ぐと、レジの奥の襖《ふすま》をあけて、そのむこうにある部屋へ入っていってしまった。世宇子はオヤマダくんを見あげた。もじゃもじゃ頭の彼は、人懐っこい笑みを浮かべ、「どうぞ、お入りください」と促した。

美晴さんが襖から顔をだして、「なにぐずぐずしてんの」と手招きをする。「早くいら

っしゃいよ」

お店のスペースと住居には一段差がある。靴を脱いであがると、そこは畳敷きだった。ちゃぶ台にテレビ、箪笥《たんす》などがあったが、なにより世宇子の目を引いたのは仏壇だ。大きくて、とても豪華だ。

「どっかそのへん、適当に座っててちょうだい」

美晴さんはさらに奥にある台所にいた。幕間堂書店はうなぎの寝床のごとく、奥に長細いつくりのようだ。世宇子は座ったはいいものの、ちょうど仏壇とむきあう位置だった。中の写真のひとがこちらを見てにっこり笑ってるのが嫌なので、少し左へ寄った。

美晴さんがお盆になにか載せて持ってきた。

「『ふる田』のみつ豆だけど食べる？」

『ふる田』は駅から続く商店街のはずれの甘味処《かんみどころ》で、うっかりすると通り過ぎてしまうほど地味な外観をしている。世宇子の家では店で食べるよりも、店先でお菓子を買って家で食べることが多かった。ちなみに『ふる田』の主人は二代目で、小中学校はお父さんの二コ後輩だ。

「もちろん」

みつ豆はお店のお持ち帰り用の透明なケースにではなく、きちんとお椀《わん》にもられていた。美晴さんがうつしかえたのだろう。つまらないところでマメだ。世宇子と自分のぶん、ふたつをちゃぶ台に置いた。

「美晴さんがおごるなんて珍しいじゃん。なんかイイことあったの？」

「イイことなんかとくにないわよ」

美晴さんが木製のスプーンを差しだす。世宇子はそれを受け取り、食べはじめた。

「あんたにさ」美晴さんは甘ったるい鼻にかかった声になった。危険危険。「お願いしたいことがあるの。きいてくれる？」

「嫌」世宇子は速攻《ソッコー》で断った。

「話きく前に断るなんてひどいんじゃない？」

「美晴さんのお願いなんて絶対、ろくでもないことだもん。それにお父さんから注意されてるし」

「学兄さんから？　なにをよ」

世宇子は答えず、黙々とみつ豆を食べた。ついてきた自分がいけなかった。さっさと逃げよう。急げばあと三口で食べ終わる。お椀を口にもってきて、残りをかっこもうとすると、美晴さんに頬《ほお》をつねられた。

「痛たたたっ」

「学兄さんになに言われたか、言いなさいよ」

「痛い、痛いってば。言う、言うから勘弁して」

ようやく手を放してくれた。世宇子はお椀を置き、つねられた頬をさすった。爪《つめ》たてんだもんな、このひと。

「美晴さんを甘やかすなって」

「なにそれ？　どういうこと？」

「ひと月前、翔に三千円借りたでしょう？」

「翔はそのこと学兄さんに言ったの？　あんだけ口止めしておいたのに」

美晴さんは不満をあらわにした。小学生の甥《おい》っ子にお金を借りておいて。まったくもう。

「早く返してあげればよかったのよ。翔のヤツ、お金がなくて今月の『モー』が買えないから、お母さんに前借りをお願いしたのよ。お母さんはお父さんにきいてごらんなさいって。そしたらお父さんはね、貯めているぶんでやりくりできないのかって言ったの。で、いろいろ問いつめられて、ついに翔は泣きながら美晴さんに貸したことを話したってわけ」

「翔ったら、男のくせに気合いが足んないんだから」

そういうのって気合いの問題かしら。

「そのあとお父さん、家族みんなに、美晴を甘やかしてはいけないって言い渡したの」

「それっていつの話？」

「おとといの朝」

「それでかぁ」美晴さんはみつ豆を食べ終わっていた。そしてどこからか禁煙パイポをだして、くわえた。「宇美子義姉《ねえ》さんも学兄さんに同意してるってことだよねえ。だから今日、ワンピース貸してくんなかったんだ」

「ワンピース？」

「ほら、義姉さん、柏餅《かしわもち》みたいな色のかわいいワンピース、持ってるじゃないの」

「柏餅っていうか、若草色のヤツでしょ」

お母さんのいちばんのお気に入りで、夏場のおでかけのときは必ず着ていく服だ。世宇子が高校生になったら譲ってくれると約束もしてある。

「そうそう。あと、そのワンピースにあったローヒールも貸してっていったら、断られたのよ。困っちゃうなあ。今日、あのワンピースででかけるつもりだったのになあ」

お父さんの命令がなくとも、お母さん、断ったんじゃないかな。

美晴さんときたら、禁煙パイポを上下に揺らして、うなっている。世宇子を横目で見ると、「あんた、もう帰っていいよ」と手で追い払うしぐさをした。

世宇子は鞄《かばん》をもって立ちあがった。みつ豆の礼を言おうか迷っていると、美晴さんが右手を開き、ぐっとつきだしてきた。

「なあに?」

世宇子が訊ねると、叔母は真顔でこう言った。「みつ豆代、二百八十円」

家に帰ると縁側にお母さんと翔が座って、すいかを食べていた。

皿の上から一切れ手にとって、世宇子はしゃくりと食べた。

「あ、駄目だほ、おねへちゃん」すいかを口にふくんだまま、翔は抗議してきた。「それ、ぼくんだよ」

「いいじゃんよ」と言いながら、世宇子は庭にむかって種を、ぷっとはき飛ばした。

「やあね、世宇子。お行儀悪い」お母さんは眉《まゆ》をひそめた。「あなた、段々、美晴さんに似てきたわよ」

「似てる似てる」と翔はひひひと笑った。頬をつねろうとしたが、それじゃまさに美晴さんだと思い直し、やめておいた。そして縁側に腰かけ、すいかを頬張った。あまり冷えていないが、甘くておいしい。さっさと食べ終わり、皮を皿に置いた。

「お昼、食べるでしょ」お母さんは、すいかの汁で濡《ぬ》れた手をてぬぐいでふいて、家にあがった。「冷し中華、つくってあげる」

美晴さんにみつ豆をご馳走《ちそう》、ではない、食べさせられて帰ってきたが、お腹《なか》は空《す》いている。世宇子もてぬぐいで手を拭《ふ》き、靴を脱ぐと、お母さんのあとについて台所へいった。

「あなた、通信簿」

世宇子は鞄からだして、はい、と渡した。

「ずいぶん自信ありげじゃないの」とお母さんはうっすら笑って、立ったまま、通信簿を開いた。

縁側から翔が、「お母さん、のこりのすいか、ぜんぶ食べちゃっていい？」と叫ぶのが聞こえる。

「いいわよ」世宇子の通信簿を吟味するように見ながら、お母さんは声を張りあげた。

「そのかわり、食べ終わったお皿、こっちにもってきてちょうだいねえ」

「合点承知《がってんしょうち》の助《すけ》」

翔の返事にお母さんは嫌な顔をした。「ああいう言葉、どこでおぼえてくるのかしらね」

もちろん美晴さんである。こないだ翔に教えていたのを世宇子は見ていた。その他にもおそれ入谷《いりや》の鬼子母神《きしもじん》やら、いいとこ床屋の縁の下なんてのを教え、さらには四六《しろく》の蝦蟇《がま》の口上をおぼえさせていた。世宇子にすればあの叔母こそそういう知識をどこで仕入れてきたのか、知りたい。古本屋などで働くと自然にそうした知識が身につくのかもしれない。

お母さんは世宇子の成績に満足したようだ。

「二学期もがんばってちょうだいね」と通信簿を閉じて、返してくれた。

「翔はどうだったの？」

姉として知っておく義務がある。

「いつもとおんなじ。体育が2であとは4。それはいいのよ。先生からの一言、なんて書いてあったと思う？」

「おとなしすぎるとか？」

「向上心が足りませんだって。いつも現状に満足してて、それ以上を望もうとしないともあったわ」

たとえばテストの点数でも、翔は八十五点とれればそれで満足してしまう。

「そういうところ」お母さんはこまったわという顔つきになっていた。「お父さんと似てるのよね」

晩も晩、深夜も一時をまわろうとしていた。

部屋の灯《あか》りは消したものの、世宇子は寝つけなかった。布団の中で何度も寝返りをうち、ついにあきらめた。

デンスケを枕元《まくらもと》までもってきた。中身のテープはここ一ヶ月、替わっていない。おばあさんの葬式のとき、自由からもらったものだ。

自由はすべてを知っている。漫画や小説、音楽に映画、ラジオやテレビ、世宇子の好きなものについてすべてだ。四歳年上の従兄《いとこ》が教えてくれたり、貸してくれたりするものは、かならず世宇子の趣味にぴったりだった。

美晴さんにその話をすると、それはあなたが自由に洗脳されているだけよ、と笑った。

布団の中で、からだを胎児のように丸め、音楽に聞き入った。

いま、この瞬間、あたしはジュウ兄さんと繋《つな》がっている。

カセットデンスケは、世宇子にとって音楽を聞くだけのものではなかった。自由と繋がるための機械でもあった。

三曲目が終わり、うとうとしはじめた頃に、それを妨げる音が聞こえてきた。

こんこん、こんこん。

窓ガラスを叩《たた》く音であることはすぐにわかった。世宇子はため息をつき、ヘッドホンを外して布団から這《は》いでた。

こんこん、こんこん。

つづいてかすれた声が聞こえてくる。

「世宇子。起きてる？　世宇子ったら」

灯りをつけぬままカーテンを開くと、美晴さんが窓にはりついていた。

なにやってんだか。腹は立ったが、家にいれないわけにはいかない。世宇子は鍵《かぎ》をあけ、そろりそろりと音をたてないよう、窓を開いた。

「鍵忘れちゃったのよ。玄関叩いてもよかったけど、兄さんに叱《しか》られるのもイヤだし。縁側は雨戸で締め切ってるし、勝手口も鍵かかってってさ。いつから我が家はそんな用心深くなったの？」

美晴さんはゲップをひとつしてから、よっこらせと窓を乗り越え、部屋に入ってきた。

「酒臭い」世宇子は窓を閉め、カーテンをひいた。

「ちょっとしか呑《の》んでないわ」美晴さんはよろけつつ、電灯の紐《ひも》をひっぱった。「ひぃ、眩《まぶ》しい」

世宇子は美晴さんが着ているものを見て、あやうく声をあげそうになった。

若草色のワンピース。お母さんのだ。

「あ、いけない。あたし靴のまんまだ」

お母さんのローヒールだ。美晴さんはそれを脱ぐと揃《そろ》えてひっくりかえした。「これだったら畳に泥つかないよね」

どうもおかしい。昼間に幕間堂書店で会って以来、このひとは家に戻ってきていないはずだ。なのにお母さんのワンピースを身にまとい、ローヒールを履いている。

「今日、ここでいっしょの布団に寝ていいでしょう？」

「嫌」ジュウ兄さんとの時間を邪魔されたくない。「自分の部屋いきなよ」

「冷たいねえ、おまえさまは。おっ」美晴さんは枕元のデンスケに気づいた。その前に正座すると、「デンスケどん。いつもうちの世宇子がお世話になってるだ」とお辞儀をした。それから布団に寝っころがって、むぐぅと背筋を伸ばすと、そのまま左右にごろごろまわった。

「ねえ、いいじゃん。ここで寝かせてよぉ。いいでしょう」

弟の翔だってこんなぐずりかたをしない。

ここで甘い顔をするとつけこまれるので、断固としてうけいれなかった。美晴さんはころがるのをやめて、腹ばいになり両手で頬杖《ほおづえ》をついた。さながらアイドルが写真を撮られるときのようなポーズだ。さまになるのが憎たらしい。

「じゃあさ、こうしよ。あたし、あんたの恋の悩み、相談乗ってあげる」

なにがこうしようなんだか。

「恋の悩みなんかないもん」

「クラスに気になる男の子はいないのぉ？」と美晴さんはふたたびころがると、枕元に立つ世宇子のところまできた。あーあ、服がしわになる。「いるでしょう？」

「ほんといないってば」

美晴さんは布団の上でうつぶせになっていた。

まったくもう。

「自分の部屋いきなってばぁ」と世宇子はくり返した。

「やだよぉ。ひとりになりたくない」

「そういうの、あたしじゃなくて好きな男の前で言いなよ」

「言ったよ」美晴さんは枕を引き寄せ、そこに頭をのせた。「いまさっき、言ってきたの。でも、帰れって言われちゃった」

世宇子は言葉を失い、美晴さんの顔をのぞきこんだ。彼女の視線はあらぬ方向にあった。赤ら顔だけどいつもの叔母ではある。

「いやだぁ、帰りたくないぃってだだこねてもよかったんだけどさ。あのひとのこと、困らせるだけだしね。だから帰ってきたの」

「それってこないだのひと?」

世宇子はつい口にしてしまった。

「こないだって?」美晴さんの目は赤く充血していた。酒のせいだけではないようだ。

「やっぱ、あんとき見たんだ、あんた。彼のこと」

「うん」

「そうだよ。彼だよ」

「嫌がってたじゃん。美晴さん。あのひとのこと」

また余計なことを、と世宇子は言ってから後悔した。美晴さんの目は一瞬だけ、酔いが醒《さ》めたように見えた。

「うっさいなあ。好きなんだからしようがないじゃん」

美晴さんは長いため息をついて、ごろりとうつぶせになった。

「疲れたよ。あのひとの住んでるとこ、二駅もさきの町でさ。終電いっちゃってて、タクシーもなかったし。ま、あってもお金ないから乗れないんだけどね。せっかくおめかししてったのになあ。好きなのになあ。好きなのになあ」

段々、声が小さくなりそのうち寝息になった。しょんぼりだなあ。美晴さん、美晴さん、と名を呼び、揺すってみても起きる気配はなかった。

こんな夜中に女をひとり、町へ放りだすなんて最低の男だ。しかもそいつのことが好きだなんて、美晴さんどうかしているよ。

世宇子は叔母の背中を見つめた。不憫《ふびん》という言葉が頭に浮かんだ。

違う。あんな男を好きな美晴さんが莫迦《ばか》なんだ。

とにかくワンピース。お母さんに見つからないよう元に戻そう。

う、うぅんと美晴さんがうなった。起きる気配はない。世宇子は背中のチャックに手をかけ、そぉっと、そぉっとおろしていった。

赤く染まった肌があらわになっていく。内側から光を放ち、輝いているように見える。錯覚だとはわかっている。電灯のあかりに照らされているだけだ。それでも眩しく思え、目をそらし、手もとめてしまった。息苦しい。とても危険なことを冒している気分に襲われる。じっとりと額に汗をかいてるのが自分でわかる。手の平にもだ。大きく深呼吸をしてから、ふたたびチャックをおろしていく。若草色のワンピースでかろうじて包みこんでいたなにかが、どろりと溢れでてきたようだ。それを色香と呼ぶのはたやすい。だがもっとべつの、生々しいものだった。

あたしの中にもこれと同じものがあると世宇子は確信した。まだ種でしかないが、やがていつか近い将来に芽生えることだろう。美晴さんはすでに花を咲かせ、実を結んでいた。その実をだれかに摘んでもらおうと待っている。

そう考えると世宇子は恐ろしくてたまらなかった。

美晴さんはもちろん自分自身もだ。

灯りを消してから、世宇子は自分の部屋をでた。まず玄関にいき、下駄箱にお母さんのローヒールをしまった。それから二階の美晴さんの部屋へむかおうと、灯りをつけないまま階段に足をかけたときだ。居間からぬっとひとが現れた。こちらが声をあげる前に、相手が「きゃっ」と短い悲鳴をあげた。

お母さんだった。

世宇子は小さく折り畳んで持っていたワンピースを、自分の背中に隠した。この暗さであれば気づかれていないはずだ。

「いやだわ、世宇子。おどかさないでよ」お母さんは胸に手をあてている。「どうしたの」

「美晴さんが帰ってきたの」と事情を手短に話した。二駅先の町に住むひとの話はしなかった。もちろんいま背中に隠したワンピースについても言わずにおいた。「で、あたしの布団、占領されちゃったから、美晴さんのとこで寝ようと思って」

「物音がするからそうかなと思ったのよ」

世宇子の部屋と両親の部屋はとなりあわせだが、あいだは壁だ。さらにはそれぞれの押し入れがある。だからとなりでだれかが話をしていても気にならない。ただしまったく聞こえないわけでもない。

「お父さんは?」

「あのひとは一度寝るとなにがあっても起きないひとだから。それにしても困るわね、美晴さんにも。早くお嫁にいって、この家、でていってくれないかしら。いま二十七でしょ? その頃にはもう私、翔も産んでたわ」

口調からしてお母さんは冗談を言っているのではない。本気だ。心底、それを望んでいる。

だけどウェディングドレスを着たり、角隠しをかぶったりする美晴さんなんて、世宇子には想像がつかなかった。そして美晴さんがいないこの家も。

「あなたにこんなこと言ってもしようがないわね」

「あ、うん。あたし、眠いから」と言い訳にならないことを言って、世宇子はとんとんとんと階段を早足でのぼった。いくら暗いとはいえ、お母さんの目が闇《やみ》になれたら、持っているものがばれる可能性がある。

「暗いと階段、危ないわよ」お母さんが言うのが聞こえた。途端、灯りがついた。やばい、と思ってワンピースを胸に抱え、下を見た。

お母さんはもういなかった。

眠る美晴さんから、脱がしてきた、というより剝《は》がしてきたワンピースを畳に広げた。明日隙を見て、お母さんの簞笥に戻せばいい。ところが畳んでいる最中、ワンピースから煙草《タバコ》と酒の匂《にお》いがするのに世宇子は気づいた。お母さんは匂いには敏感だ。とくに煙草はいけない。

クリーニング屋へださなくちゃ駄目だ。畳んだワンピースは、押し入れにいれた。どうしてあたしがこんな苦労をしなきゃならないんだ。まったく腹が立つ。同時にデンスケを自分の部屋に置いてきたのを悔やんだ。

美晴さんの布団を敷いてから、灯りを消して横になった。

せっかくおめかししてったのになあ。

闇の中で美晴さんの呟《つぶや》きが響く。

好きなのになあ。

あのさびしげな声が耳から離れない。世宇子は自分のことのように思えてきて、胸が苦しくなった。


朝、目覚めてから世宇子は自分の部屋に戻った。美晴さんがあられもない姿で寝ているのを横目で見つつ、パジャマから普段着に着替えた。

夏休みでもふだんとかわらぬ時間に朝食をとるのが、この家のルールだ。ただし美晴さんは別。というか夏休みでなくても、朝、いっしょに食卓を囲むことは滅多になかった。

席についた途端、「何時だったんだ、美晴が帰ってきたのは」とお父さんが言った。お母さんからきいたのだろう。

「一時か二時ぐらい。はっきりはわかんないよ」

「いれなくったってよかったんだ。言っただろ、美晴を甘やかすなって」

そのとき翔がごほごほ咳《せ》きこんだ。なぜだか弟は慌てて食べていた。できるだけ早く、食卓から離れたい様子だった。

「世宇子を叱ってもしようがないでしょ」お母さんがお父さんをとがめた。「美晴さん本人に言ってください。世宇子の部屋で寝てますから」

まったくだ。美晴さんにいちばん甘いのはお父さんだ。

「美晴のヤツ。まったく」

そう言ったっきり、お父さんはもくもくと食事をしだした。

「学さん」お母さんがお父さんを名前で呼んだ。

「ん？」

「会社にいいひといないんですか」

「いいひとって、なんだ」

「美晴さんの相手になるようなひとですよ」

「相手？　結婚相手か？」

「決まってるじゃないですか。ここはたしかに美晴さんの家ですよ。生まれてこのかた、二十七年住んでいる家です。私としては、いつまでいてもらってもかまいません。けど、世間体っていうものがあるでしょう」

「うん、まあ、そりゃあそうだが」

「ごちそうさま」翔が席を立っていなくなった。

「なに、慌ててるんだ、あいつは」

呑気《のんき》な口ぶりで言うお父さんをお母さんがにらんだ。

「なんだ？」

「美晴さんの相手」

「うん。ああ」今度はお父さんの御飯を食べる速度が速くなった。「会社の若いヤツ、何人かあたってみるよ」


「翔」

朝食が終わってもまだ九時半だった。縁側で『モー』を読んでいる弟に世宇子は声をかけた。

「んん？」雑誌から目をあげず生返事なのが憎たらしい。

「いっしょに図書館いかない？」

「いかない。ぼく返す本も借りたい本もないもん」

まだ顔をあげない。世宇子は翔の耳をつまんでひっぱった。

「痛ったた」

「いいからいらっしゃい」

「やめてよ。お母さん呼ぶよ」

お母さんは台所で洗い物をしている。

「いいわよ、呼びたければ呼びなさい。でもいいの？　あなたが美晴さんにお母さんのワンピースとローヒール渡したこと、言うわよ」

翔の顔が凍りついた。「お、お姉ちゃん、も、もしかして」

「なによ」

「エスパー？」

世宇子は商店街にいく道すがら、翔に問いただした。

「さ、話してごらん。美晴さんにいつ、どこで、なにを頼まれたのか」

昨日の昼間だったという。翔がお母さんに「合点承知の助」と返事をしたあと、垣根のむこうに美晴さんが姿をあらわしたそうだ。そして翔を手招きした。

「三千円の件をお父さんにばらしたから怒られるのかと思ったんだ。でもそうじゃなかった。なかなか返せずにいてごめんねってまず三千円、返してくれた。その上、もう千円、ぼくの手の平に置いたんだ」

それから美晴さんはお母さんのワンピースとローヒールを持ちだすように命じた。

「なんでイヤだって言わなかったのよ」

「だってあと千円くれたんだもん。しめて二千円」

二千円か。だったらやるな。みつ豆だけでくどかれたのがくやしくなった。あんときあたしに二千円くれればと考え、いいや、なに莫迦なことを考えるのと自らを叱った。

「黙って借りたこと、お母さんにばれたらどうするつもりだったの」

「ぼくもそう言ったけど、ぜったいばれないって」

美晴さんはこう言ったそうだ。

このワンピース着て家にそのままかえってくるわけないでしょ。朝、駅のトイレで着替えて帰ってくるわよ。

「朝、駅のトイレで？」

「うん。一晩、友達んとこ、泊まってくるからって」

しかしそうはいかなかった。

終電がなくなったあと、友達とやらに追い返されてしまい、ワンピースを着たまま、深夜に帰ってきてしまった。

美晴さんの莫迦。

ワンピースは商店街にあるクリーニング屋にだした。二日かかると言われたが、明日までにお願いしますと頼みこんだ。

「超特急だな。世宇子チャンの頼みとあっちゃあ、きかねえわけにもいかねえな」とクリーニング屋のオジサンはにこにこしながらこころよく引き受けてくれた。御多分にもれず、彼もお父さんの小中学校の一年後輩だ。

「お姉ちゃん」店をでてから、翔がおどおどしながら訊ねてきた。弟が美晴さんからもらった二千円はクリーニング代に消えた。「このこと、お母さんにばらさないよねえ」

「ばらすわけないでしょう。結局、あたしも片棒担ぐことになったんだから。だけどいい？　二度と美晴さんの口車に乗っちゃ駄目よ」

翔はうなだれながら、うん、と答えた。

翌日の午前中、お母さんが買い物にでかけた。

この隙に、ワンピースをとりにいこうと世宇子は靴をはいていた。するとがらがらぎぃぃぃと玄関の引き戸が開いた。足元だけ見えてお母さんだとわかった。財布、忘れたのかな。どぎまぎしつつ、顔をあげた途端、世宇子は言葉を失った。

お母さんは、ビニールに包まれた若草色のワンピースを手にしていた。

「クリーニング屋の前を通ったら、御主人に呼び止められたの。昨日、お嬢さんがもってきたものです、急ぎの用でいらっしゃるんでしょう、どうぞお持ちくださいって渡されたのよ」

あちゃあ。余計なことをしてくれるもんだ。というか、なじみのクリーニング屋にもっていった自分が迂闊《うかつ》だったと世宇子は反省した。

「美晴さんに頼まれたのね」

「ち、違うよ。それはその」

どのへんから説明すればいいのか、世宇子は咄嗟《とっさ》に判断できなかった。

もう駄目だ。怒られると覚悟した。そのとき、「あ、それ」と背中で声がした。ふりむくと寝起きの美晴さんがぼんやり突っ立っていた。

世宇子はお母さんのほうにむき直った。驚いたことに満面の笑みだ。

「どう？　美晴さん」

お母さんはビニールに包まれたままのワンピースを、自分のからだにあてた。御機嫌にすら見える。そしてからだを少しだけひねって、右足を前にだした。まるでモデルのようにだ。

「え？」

「この服、あなたよりわたしのほうが似合ってるでしょ」

「うん。まあ、はあ」

「あなた、顔が派手なんだし、赤を着ればいいと思うわ」

「そうですかね」

美晴さんはお母さんにすっかり気圧されていた。

「そうよ。それと髪。伸ばせばいいってもんじゃないわ。化粧ももう少し丹念になさい」

「は、はい」

「あともうひとつ。世宇子や翔を面倒なことに巻きこまないで」

「面倒ってべつに」

「いい？」お母さんは笑ったままだ。それがかえって気迫に満ちていた。「わたしはなにもかもお見通しよ」

ほんとうかな。世宇子は思う。お母さんは美晴さんのことをどこまでお見通しだというのだろう。充血した赤い目、さびしげな声。そしてワンピースを脱がしたときに溢れでてきた得体の知れぬなにか。

「それはその」

世宇子はあらためて口ごもる美晴さんを見た。よれよれのTシャツにジーンズを穿《は》いた叔母には、おんならしさのかけらもなかった。

「おそれ入谷の鬼子母神」

それを聞いてお母さんの顔が歪《ゆが》んだ。そして声をあげて笑いだした。世宇子もつられて笑った。

美晴さんだけ、途方に暮れた顔つきになっていた。

第4話　空元気の家系

九月に入って、もう一週間以上経つというのに、連日暑くてたまらない。今日も三十度を超えているだろう。

世宇子は縁側にいた。家の中でここがいちばん涼しい。南むきにもかかわらず、庭にある栗《くり》の木のおかげで、陽はあまり射さない。風の通りもいい。さらに、世宇子はTシャツをめくりあげ、お腹《なか》をだして廊下にぺたりとくっつけている。ひんやりしてとても気持ちがいい。家にだれもいないからこそできる格好だ。お母さんに見つかったら、絶対、叱《しか》られる。

世宇子はデンスケで音楽を聞いていた。従兄《いとこ》の自由からもらったカセットテープだ。最後の曲が終わったので、巻き戻しのボタンを押そうとしたときだ。

「こんにちはぁ」と玄関から声が聞こえた。

世宇子は飛び起きて、Tシャツの裾《すそ》を元に戻した。

「だれかいますぅ」自由だった。

「はぁい」と返事をしておきながら、世宇子は玄関とは反対方向へ走る。「待ってぇ」

洗面所の鏡の前に立ち、髪が乱れていないかたしかめた。左耳の上のあたりが、ぴんと、はねていた。ブラシをかけてもねそうになかった。櫛《くし》を水で濡《ぬ》らし、すいてみた。

「あれ？」自由の声がきこえる。「いま、返事したよね」

だれかといっしょなのだろうか。

はねた髪はどうにかおさまった。目脂《めやに》は、なし。いぃーと口を横に開いて前歯をたしかめた。なにもついていない。

「いまいくぅ」

「おお」自由といたのは勉叔父《おじ》さんだった。「なんだ世宇子ちゃんか。声だけきくと、宇美子さんかと思ったよ」

「なにしてたの？」と自由がきいた。笑顔だがふだんとは違い、やや硬い。

「うん、えーと、音楽鑑賞」

見合いの席のような答えをしてしまった。

「兄さんは仕事だよな。宇美子さんいない？」

「お母さんは翔とでかけてる」

「買い物？　すぐ帰ってくるかな？」

叔父さんは気忙《きぜわ》しく訊《たず》ねてきた。

「となり町へ映画、観にいってる。まだまだ帰ってこないと思う」

「美晴は？　バイト？」

「旅行」

「なんだ、あいつ、お金あるのか」

「なあ親父」さきほど世宇子に話しかけたときとは違い、自由はぞんざいな口ぶりになった。「おれがこの家に世話になるってこと、学伯父《おじ》さんや宇美子伯母《おば》さんも承諾してるの？」

「もちろんだ。なあ、世宇子ちゃん」

知らない。いま、はじめてきいた。びっくりした。それでも世宇子は「あ、うん」とうなずいてしまった。

それでなのか、自由はやたらに荷物が多かった。右手にボストンバッグ、左手に学生《がくせい》鞄《かばん》、背中に登山用のリュックサックまで背負っている。

叔父さんのほうは、背広の上着を小脇《こわき》に抱えているだけで手ぶらだ。くしゃくしゃのハンカチをズボンのポケットからだすと、額の汗をぬぐい、「おばあさんの部屋、つかわせてもらえ」とぶっきらぼうに言った。

とりたてて仲がいいわけでもないが、いつもは穏やかに会話をしている親子が、今日に限って、お互いの言葉にいらついているように見える。

「おれ、もういくから」叔父さんはハンカチをポケットにしまった。「あんまし兄さんや宇美子さんに迷惑かけないようにな」

「迷惑かけてんのは、父さんだろ」

自由の言葉に叔父さんの顔が醜く歪《ゆが》んだ。「ちっ」と舌打ちして背を向けると、叔父さんは引き戸に手をかけた。だが戸は開かなかった。

「あ、あれ？」

ふだんであれば笑っちゃうところだが、今日は違う。親子のただならぬ雰囲気が、世宇子を緊張させていた。

叔父さんはあきらめなかった。戸は悲鳴のような音をたて、二十センチほど開いたものの、それ以上は駄目だ。すると自由が両手の荷物を置き、「おれがやってみる」と申しでた。

「いや、大丈夫だ」叔父さんはむきになっている。「もうだれの手も借りん。そう決めたんだ」

叔父さんはからだを横にして、二十センチの隙間《すきま》を通り抜けようとした。残念ながら、恰幅《かっぷく》のよさが災いして通り抜けられそうもなかった。自由はいらだちを隠さぬ表情で、自分の父親の行動をながめているだけである。

「この家もそこらじゅうがたがきてんだから、兄さんも建て替えすりゃあいいのに」

叔父さんは吐き捨てるように言うと、靴を脱いで持ち、家にあがって縁側から外にでた。

「じゃあな」

勉叔父さんがいなくなった縁側を、にらみつけていた自由は、やがて呟《つぶや》いた。

「くそ親父が」


二階のおばあさんの部屋はふたつある窓の雨戸が閉じられ、ずいぶんと暗かった。

自由は両手の荷物をばさんばさんと乱暴に放り投げ、背中のリュックサックを畳に置いた。そして南側の窓の雨戸に手をかけた。

「姫、悪いけど、そっちの雨戸、開けてくんない？」

世宇子は言われた通りにした。涼しい風が一気に吹き込んできた。

「あっちいなぁ」

自由は自分の荷物の前にあぐらをかいた。

「なんか冷たい飲物、持ってこようか？」

「いいよ。おかまいなく」

断られてしまった。おかげで部屋をでるタイミングを失った。

自由は荷ほどきをはじめた。彼の背中に自然と目がいってしまう。半袖《はんそで》シャツは汗で濡れ、肌が透けている。世宇子はあわてて、視線をそらしてから、「緑《みどり》叔母さんは？」

と訊ねた。

「母さんは福井」福井は緑叔母さんの実家だ。「おれも福井ってハナシもあったんだけど、高校、かわりたくないって断ったんだ。友達と離れるのっていやだしね」

「ここから高校、通うの？」

「そうなるね。三時間はかかるよ。でもうちの学校、もっと遠くから通っているヤツもいるし」

「どんくらいうちにいるわけ？」

「どんくらいかねえ」自由は世宇子に背をむけたまま答えた。「親父は半年でカタがつくって言ってたけど、怪しいものさ。五千万の借金、そうそうかえせるわけないだろうしね。このままずっと、ここに住むことになるかもしんない」

それを無邪気によろこぶほど、世宇子は子供ではない。五千万の借金という言葉にひっかかる。だけどその理由をきくほど、大人でもなかった。

よっこらせ、とかけ声とともに自由は立ちあがった。

「風呂場《ふろば》、借りていいかな」

「わ、沸かそうか」

世宇子は自分が若奥様みたいなことを言っているな、と思った。

「シャワー浴びるだけでいい。全身、汗だくで気持ちが悪いんだ」

縁側に置きっぱなしにしてあったデンスケをもって、自分の部屋に戻った。

デンスケを本棚の脇に置いたら、することがなくなった。それにしても落ち着かない。風呂場から聞こえる自由の鼻歌がよりいっそう、気をそぞろにした。

世宇子の知らない曲だ。きっと洋楽に違いない。あとで教えてもらおう。ぜったいサイコーに決まってる。

座ることもできない。立ってもいられない。ぐるぐる部屋をまわってしまった。こういうのを動物園の熊《くま》みたいと比喩《ひゆ》する小説を読んだことがあるが、実際に見た動物園の熊は檻《おり》の中で惰眠をむさぼるばかりだった。

なんだ、なんだ。なに考えているんだ、あたしは。動物園の熊などどうでもいい。

あ、バスタオル。

世宇子は足をとめた。

バスタオルを持っていってあげよう。いま、あたしがジュウ兄さんにできる精一杯のことだ。

部屋には自分のタオルしかない。それをつかわせるのは、申し訳ないし、恥ずかしくもあった。

居間側の襖《ふすま》を開き、両親の部屋へ入ろうとすると、どこからか車のエンジン音が聞こえた。庭のむこう、おとなりではなく、道に面したほうからだ。

何事だろうと縁側に立った。その道の先はいき止まりだ。車が入ってくることは滅多にない。道と庭の境はさほど高くない垣根なので、車の頭のあたりだけは見えた。軽トラックのようだ。すぐさま視界から消え、玄関前でとまった。

世宇子は縁側からつっかけを履いて、庭をまわり玄関口へむかう。

幕間堂の軽トラックだ。そこからお母さんと翔が降りてくるのが見えた。なんでだろうと世宇子はいぶかしく思った。

「どうもお世話さまでしたぁ。ほら、翔もお礼言いなさい」

「ありがとうございました」

運転席には小山田さんがいた。巨体を無理矢理、そこへ押しこんでいる姿は、まるでとらわれた熊だった。彼は会釈をしてくれた。

お母さんがふりむき、「やだ、この子は。脅かさないでよ」と文句を言ったが、脅かすつもりで近づいたのではない。

「どうしたの？」世宇子はお母さんに訊ねた。

「映画の帰りに偶然。ねえ、小山田さん」

「信号待ちしてたら、歩道をお二人が歩いてたんで、で、まあ」

送ってくれたというわけか。

「どうです、うちにあがって冷たいものでもお飲みになっていかれたら」

お母さんの誘いに、小山田さんは首を横にふった。「幕間堂に帰って店番しなきゃなんないんで」

「そうだったの？　ごめんなさいね。送ってもらったりして」

「いや、いいんです」小山田さんはもじゃもじゃ頭をかきむしる。

「美晴さんが旅行いって休んでるせいで、そのぶん、小山田さんに負担がかかっているんじゃないの？」

世宇子が言うと、「いやいや」とふたたびもじゃもじゃ頭をかきむしった。

美晴さんはいま八郎潟《はちろうがた》だ。

今年は九月になっても暑いからできるだけ北へいくと言い、ほんとはカムチャツカ半島へいきたいんだけど、金銭的に余裕がないので、八郎潟にしたそうだ。

「それはあのぉ、ひとりでいかれたんですか？」

「だれかとふたりならいいんですけどねえ」

お母さんが意味ありげに言った。

八郎潟へいく前日、同じ質問をお母さんが美晴さん本人にしていた。世宇子は二駅さきのあの男といっしょかもといらぬ心配をした。

「あ、おれ、そろそろいきます」

小山田さんは助手席のドアを閉めた。

「また遊びにいくね」と翔が手をふる。

軽トラックはそのまま五メートルほどバックして、十字路へでていった。

「小山田さん、美晴さんと結婚してくんないかな。そしたら毎日、車、乗れるのに」

見送ったあと、翔が無責任な発言をした。世宇子の家のおとなはだれも車の免許がない。ゆえにマイカーもなかった。

「そうなの、あのふたり？」

なぜか興奮気味になったお母さんに、世宇子は「違うわ」と素っ気なく答えた。

「小山田さんは美晴さんより五つも年下でまだ学生だもん」

この情報は夏休み中、幕間堂に通って仕入れた。学生といっても大学院生だ。

「だからって結婚しないとは限らないでしょ」と翔はしつこく言う。

「あのね。よしんば結婚したとしてもよ。美晴さんが小山田さんとこへ、お嫁にいくの。小山田さんがうちにくるはずないでしょ」

「相手がだれにせよ、結婚したら美晴さんにはでていってもらわないと。このうちにひとが増えるのは勘弁願いたいわ」お母さんの一言に、世宇子はどきりとした。「あら。戸が」

さきほど叔父さんが二十センチだけ開けて、そのままになっていた。

「また調子悪いの？」

「うん。まあ、そう」

「縁側から入りましょ」と言うお母さんはもうそちらのほうへ足がむきかけていた。

「ぼくは入れるよ」翔が二十センチの隙間を入っていった。そして中で「あっ」と声をあげた。

「どうしたの？」

お母さんが家の中をのぞく。

「あら？」

縁側に小さなタオルを腰に巻いただけの自由がいた。彼はこちらを見て、平然と言った。

「お帰りなさい。お世話になります」

お父さんは七時過ぎに帰ってきた。

廊下で、世宇子と翔を相手に七並べをやっている自由を見て、「もうきたのか」と言い、「勉はどうした？」ともきいた。

「ここまでいっしょにきたんですけど」自由は頰《ほお》を引きつらせていた。「住んでたマンションももう売りにだしたたし。どこか知り合いのとこだと思います」

「知り合い？」

お父さんは廊下から居間を抜け、いちばん奥の和室に入る。通り過ぎたら、襖も障子も開けっ放しにしていくので、世宇子たちから背広を脱ぐお父さんが見える。

「ここにきてもよかったのに」

「迷惑かけるからって、言ってました」と自由。

「迷惑だあ？　こういうときに助けあうのが兄弟だぞ」

お父さんはバミューダパンツを穿《は》きながら言った。

「ねえ、ハートの八もってるの、お姉ちゃんだろ」翔が文句を垂れた。「もうだしてくれよ」

「あたしじゃないって」

世宇子は嘘《うそ》をついた。ほんとはゲームどころではなかった。自由の家でなにがあったのか、それを知りたい。しかし、お父さんと自由の会話はそこで終わってしまった。

「姉弟なんだから、助けあおうよ」と翔はお父さんの真似《まね》をした。自由が笑った。ぎこちないさびしげな笑い方だったが、それでも世宇子を安心させた。

「ごはんできたわよぉ」台所からお母さんの声がきこえた。

自由のお父さん、勉叔父さんは世宇子のお父さんより五つ年下だ。

お父さんと叔父さんは似ている。

叔父さんのほうがやや背が高く恰幅もいい。別々に会うとわからないが、ふたり並んでいると、知らないひとでも彼らが兄弟だとわかるに違いない。なんというか、使用前、使用後ってカンジだ。なにを使用したかとか、どっちが前で、どっちが後かはわかんないけど。

「学兄さんを水でふくらませれば、勉兄さんになるわ」と言ったのは、美晴さんだ。弟の翔がその話をきいていて、「非科学的だ」と抗議した。

「非科学的なのは重々承知よ。たとえ話をしてるの。あんたが読んでる雑誌の記事のほうがずっと非科学的でしょうが」美晴さんは食ってかかる小学四年の甥《おい》を相手に、本気で怒った。じつにおとなげない。

お父さんと叔父さんはもちろん違う部分もある。

大雑把に言えば、お父さんは臆病《おくびょう》、叔父さんは大胆。

だから結婚も五歳年上のお父さんが、叔父さんよりも三年遅かった。

「ようするに」とこれも美晴さん談。「女性に対してきみらのパパは奥手で、自由のパパは手が早いのよ。勉兄さんは中二でもう彼女いたし。花屋のミキさん。別名、出戻りのミキ。あのひと、そうなのよ。勉兄さんのはじめての彼女」

世宇子は臆病で奥手のお父さんに感謝する。おかげで自分がこの世にいるのだ。翔は出戻りってなあにと美晴さんに聞き返した。

お父さんは、文明社会にいる限り絶対なくならないものを考え、セメント会社に入社したという。

叔父さんは三十のとき、広告代理店を退職し、自ら会社を興している。その会社でどんな仕事をしているのか世宇子はよく知らなかった。息子の自由に訊ねても「親父は仕事の話をしたがらないんだ」というだけだ。最近になって、両親の話の端々から、プロモーターだとかイベントプロデューサーという職業だとはわかった。それにしてもどんな仕事なのかはさっぱりだ。

美晴さんにお父さんと叔父さん、どっちが好きかきいたことがある。

「どっちも苦手」美晴さんは渋柿でも食べさせられたような苦い顔になった。「父さんが生きていたときは、家ん中に父親が三人いるみたいだったわ」

お父さんは四十五歳、叔父さんは四十歳、美晴さんはずいぶんと離れて二十八歳だ。だったら早くでていけばいいのに。世宇子は思う。美晴さんは未婚で、いまは旅行中だけど、まだこの家に住んでいる。

翌朝、台所の物音で世宇子は目を覚ました。まだ外は薄暗い。いったいだれだろう、と思い、もしかして、と起きあがり襖を開けた。

やはり自由だ。ブレザー姿で、流し台の前で牛乳を飲んでいた。

「お、悪い。起こしちゃったか」

「うん。そうじゃなくて」トイレと言いかけ、世宇子は言葉を濁らせた。「いつもこれぐらいには起きて学校いくから」

自由は怪訝《けげん》な顔をした。「いま五時半だぜ」

「ジュウ兄さんもうでかけるの？」

「ああ。五時五十分の電車に乗れば、なんとか始業時間に間に合いそうなんだ」

「ちょ、ちょっと待ってて。あたしすぐ着替えてくるから。三分。三分で着替える。なんだったらもうでてもいいよ。あとすぐ追っかける」

自由は勝手口で待っていてくれた。玄関の戸は昨日の夜、お父さんが力任せに閉めたら、今度は開かなくなってしまった。

町は静かだった。人影もあまりない。ときおり、犬の散歩をするひとを見かけるぐらいだ。新聞配達の自転車も走っていた。自由はそうしたひとびとに、おはようございます、と挨拶《あいさつ》をする。ごく自然にだ。されたほうは、ややひるみながら、おはようと返してきた。あたしもしたほうがいいかな、と世宇子は思ったが、そうそうできるものではなかった。

「夏服」

自由が言うのが聞こえた。

「なに？」

「夏服も似合うよ」

制服のことと気づくのに、やや時間がかかった。

うれしい。ジュウ兄さんがあたしをほめてくれているんだ。途端にからだがぽっぽと熱《ほて》ってきた。それに、も、ということは、冬服も似合ってる、っていうことよね。二倍よろこんでいいはずだ。飛びはねたい衝動にかられ、必死に我慢した。

「ありがと。ジュウ兄さんも似合ってる」

「え？」

「ブレザー」

「そっかぁ？」自由はしかめっ面になった。「すげえダサいだろ。これ、似合ってるって言われてもなあ。あんましうれしくないよ」

「あたしの言いたいのは、そうじゃなくて。ダサい服でも見事に着こなしているってこと」

なんだかえらく早口になってしまった。

「そりゃどうも」

話が途切れた。

まずい。なにか話さなくっちゃ。そう思えば思うほど言葉がでてこなかった。昨日、きこうと思ったことがあった。なんだっけ。叔父さんの借金の話？　まさか。どうして五千万も借金つくっちゃったの、なんてきけるはずがない。

「姫」また自由が声をかけてきた。

「ん？　なに？」

「あんまし、おれに気ぃつかうことないぜ」

「き、気なんかつかってないよ。あ、つかってるけど、その」

「おれとしてはね、いろいろあったけど、結果としてうるさい両親と離れて暮らすことができるようになったんだ。ラッキーというべきさ」

「うるさいの？　叔父さんと叔母さん？」

「そりゃもう」自由は顔をしかめた。「勉強しろだのなんだのって」

「へえ」

意外だった。叱られているジュウ兄さんなんて想像がつかないよ。

「あたしもそうだよ」

「姫は勉強できるから、そんなこと言われないだろ」

「言われるよ。あと手伝いしろとか、買い物いってきてとか。あたしもいっぺんお父さんやお母さんと離れて暮らしてみたい」

自由と話をあわせるために口にしてみただけだった。いつかその日がくると思うと、世宇子は少しさびしくなった。

「ま、これからよろしくな」

「こちらこそ」

自由が立ち止まった。「なあ、姫」

「ん？」なんだろう？

「学校、あっちだろ」


朝の六時に学校へいっても、校門だって開いてやしない。世宇子は家に戻った。制服のまま布団の上で丸くなり、デンスケで自由がくれたテープを聞いた。

思いだした。昨日、昼間に唄《うた》っていた鼻歌のことをきくつもりだったんだ、あたし。

いまさら悔やんでもしようがない。それにジュウ兄さんはしばらくうちにいるんだ。

チャンスはいくらだってある。

それから一時間して朝食になった。

「自由はまだ寝ているのか？」

食卓について、すぐにそう言ったのはお父さんだ。

「五時半にでてった」と世宇子は短く答えた。

「こっからだと高校まで三時間かかるだろうからな」

お父さんが朝刊をめくりながら答える。世宇子のとなりでは、翔がもそもそとご飯を食べている。まぶたがまだ半分閉じている状態だ。

「勉さんはどうなのかしら？」お母さんが訊ねた。

「どうって？」お父さんは朝刊を折り畳み、テーブルに置くと、箸《はし》を持った。

「だから、その」お母さんが自分や翔を横目で見ているのが、世宇子にはわかった。

「いつ、自由くん、むかえにこられそうなのっていうこと」

「さあ。どうだろ。三ヶ月はかからないって言ってたが」

三ヶ月。自由が半年、あるいはこのさきずっとここにいると言っていたのを世宇子は思いだした。

「叔父さん、五千万の借金があるんでしょ」

ついうっかり言ってしまった。ふたりが同時に世宇子を見た。子供は黙ってなさいっていう顔だ。

「ゴセンマン？」寝惚《ねぼ》けまなこで翔が言うと、怪獣か宇宙人の名前のようだ。ゴセンマンが東京湾から日本に上陸しました！

「だれからきいたんだ、その話」お父さんが世宇子を問いつめる。だれからって。

「ジュウ兄さんからだよ」

世宇子は素直に答えた。他にいるわけないじゃんと思いつつ、早朝から親の機嫌を損ねたことをすでに悔やんでいた。

「そのこと、よそで言うんじゃないぞ」とお父さんが釘《くぎ》を刺す。はいはい、了解しました。

この町の大人たちは、たいがいお父さんの小中学校の先輩か同輩か後輩だ。同じ小中学校に通った勉叔父さんの先輩か同輩か後輩でもある。噂《うわさ》は、それも悪い噂であればより一層広がるのが早いだろう。口にチャックをする真似をしたら、お父さんの顔はさらに険しくなった。

学校は夏休み前と同じように退屈だった。だが授業中はずっと自由のことを考えていたので、思ったより早く放課後がきた。

学校の帰り、いつものように友達数人と駅前商店街を歩いていると、幕間堂の前に小山田さんがいた。遠目にも彼は目立つ。そわそわしている様子すらわかる。近づいてから、「こんにちは」とお辞儀をした。

「あ、世宇子ちゃん」

友達はこの巨人に少しばかりびびっている。それがまた世宇子を優越感に浸らせた。

「どうかしました？」

「オバサンが帰ってこなくてね。回覧板もってでて、そのまんまなんだ。もう一時間になる。たぶん、どっかのお店で話しこんでいるんだと思うんだけど」

オバサンの心配をしているのではなく、小山田さん自身、この後、予定があって落ち着きをなくしているようだ。

「小山田さん、なんか都合があんの？」

「研究室に五時までにいかなくちゃいけないんだ。遅くてもここを四時二十分にはでなくちゃ、間に合わない」

「研究室？」とおうむ返しに言ったのは、世宇子ではない。いっしょにいる友達だ。

「オバサンが帰ってくるまで、あたし、店番してようか」と世宇子は申しでた。

「え？」小山田さんの顔に一瞬、安堵《あんど》の色が浮かんだ。しかしそれを打ち消すように、

「学校帰りだろ。寄り道はまずいんじゃないのかな」と言った。

前に美晴さんが小山田さんに、変なとこに気ぃつかうんだなあと言っていたが、このことだな。

「大丈夫だよ。人助けだし。みんなも黙っててくれるよね」

友達は「いいんじゃないの」「平気平気」とうなずいた。

話が決まると小山田さんは店に一旦《いったん》ひっこんで、黒い四角い鞄をもってでてきた。

「恩に着るよ」

美晴さんが言いそうな台詞《せりふ》を残して彼は足早に去っていった。

幕間堂の店内はあいかわらず本で溢《あふ》れかえっていた。はじめて訪れたとき、本のなだれに埋もれたが、今日は無事、奥まで辿《たど》り着けた。

半畳ほどのスペースがぽっかり空いている。表から見るとまわりを本で囲まれているそこに机と椅子《いす》がある。机の上は積まれた本とレジのおかげで、わずかなスペースしか空いていなかった。

夏休みのあいだ、美晴さんに頼まれて店番を幾度かしたことがあった。オバサンや小山田さんがいないときだ。家へ電話をしてきたこともあったし、商店街をぶらぶらして呼び止められたときもあった。一時間ねと、美晴さんは姿を消すのだが、大抵、三時間は帰ってこなかった。美晴さんよりさきにオバサンがきても「はい、ごくろうさま」と言われるだけだった。

机に座ると、いちばん上の引出しから、封筒がはみでているのに気づいた。しまい直そうと引出しを開いて、おや、と思った。宛先《あてさき》の文字がどこかで見た筆蹟《ひっせき》だ。丸っこくて小さくて、一文字一文字の間隔が妙に開いている。間違いない。美晴さんの文字だ。

『幕間堂書店内　小山田君』

様ではなく、君付けの宛名。これはぜったい美晴さんだ。しかも書店内って。手に取って裏返す。だが差し出し人の名はない。もう一度、表にして、消印の日付を見た。

九月八日。一昨日《おととい》だ。

美晴さんは家に連絡をいれないくせに、小山田さん宛に手紙をだしているということだ。たぶん八郎潟から。

封は開かれている。中をのぞいた。長細い紙が一枚、あるだけだった。なんだろう。もうこらえきれない。置いていった小山田さんが悪いんだ。

世宇子は封を逆さにした。ひょろりとでてきたのは、スピード写真だった。縦に六枚、美晴さんの顔があった。おんなじに見える表情だけど、ちょっとずつ違う。裏には一行、こう書かれていた。

『旅費サンキュー。必ず返す。いろいろ心配かけてあいすまぬ。ミハル　追伸　マガンおらず』

小山田さんにお金を借りて、八郎潟へいったのか。しかしいろいろ心配かけて、とはどういうことだろう。

そして最後のマガンってなんだ？　おらずとはいないということだろうが、はたしていったい？

あらためて写真を見る。ひとにはそれが晴れ晴れとしたいい表情にうつるだろう。しかし、生まれて十三年ずっと叔母を見てきた世宇子にはわかった。

これは空元気だ。

悩みごとをすべて胸にしまいこみ、ひとに心配させまいと、無理矢理微笑《ほほえ》んでいるときの美晴さんだ。

小山田さんはごまかせてもあたしはごまかせないよ。


それから二十分もしないうちに、オバサンが帰ってきた。レジにいる世宇子を見てもおどろきもせず、「美晴ちゃんはいつ帰ってくるんだい？」と訊ねてきた。

「そのうち」

「そのうち。ははは。そりゃケッサクだわ。かわりに勉くんが帰ってきたってわけかい？」

「え？」

「いまさっきミキちゃんにきいたのさ。昨日、店番してた彼女の前にひょっこりあらわれてね。実家に財布忘れて一度戻ったけど、もうだれもいなくって鍵《かぎ》も閉まってたから、横浜の家に帰る電車賃、貸してくれって。そそっかしいのは昔とかわらないわって、ミキちゃん笑ってた」

五千万の借金。自由の言葉が耳の奥によみがえる。

「いくら貸したんです、出」出戻りと言いかけ、言い直した。「花屋のミキさんは」

「レジからお金だしたんだけど、細かいのなかったから、一万貸したって言ってたわよ」

世宇子は幕間堂をでると、駆け足で帰った。

家の前まできて、立ち止まると、乱れた息を整えるために深呼吸した。額の汗もハンカチで拭《ぬぐ》った。玄関の戸に手をかけたが開かなかった。まだ直っていないんだ。世宇子は家の脇を抜け、庭へむかった。

自由と翔がいた。ふたりは見えない椅子にでも座っているような体勢のまま、両手でゆっくり弧を描いていた。

「はい、ここで一旦、手をとめるぅ。そしたらぁ、大きく息を吸ってぇ吸ってぇ吸ってぇぇ、そぉぉぉっと吐きつつ、腰をあげてぇ」と指導しているのは翔だった。

「姫、お帰りぃ」

姿勢を崩さないまま、自由が首だけ世宇子にむけた。ダサいブレザーは脱いで、ワイシャツだった。

「玄関の戸、開かなかっただろ。翔もおれも挑戦したんだけど、無理でね。伯母さんがさっき建具屋さんに電話してたよ」

「ジュウ兄ちゃん、おしゃべりしちゃ駄目だって」翔が注意した。「腰をのばして右足あげて、右手をあげて、左手を胸の位置にぃ」

「なにやってんの？」あきれ顔で世宇子は弟にきいた。

「チョーゼツケン」と翔が答えた。

なんのことやらと世宇子は縁側へあがろうとして、そこに開いたままの雑誌があることに気づいた。最近は表紙を見ずとも、記事の内容で『モー』だとわかる。

『全宇宙の〈気〉をあなたの体内へ送りこむ！　筋力百倍！　脳を活性化！　美容と健康に最適！　超絶拳《ちょうぜつけん》を十分間でマスターしよう！』

超絶拳なるものの動作が図解で説明されていた。全宇宙の〈気〉などと大上段に構えながら、その効用が美容と健康というのが、いかにも嘘くさい。

「お姉ちゃんもどう？　やってみる？」

ふり返ってみると、いまの翔と自由の格好は、どう見てもシェーだった。少なくとも脳が活性化されるとは思えなかった。

それでも世宇子は鞄を縁側に置き、自由の左どなりにならんで、ひとまずシェーをした。スカートの裾が気になるが、パンツが見えたりすることはないだろうから、ま、いっか。

世宇子はシェーの姿勢のまま、あくびをしてしまった。自由が「姫」と声をかけてきた。

「あ、うん？」

「眠いんだろ。あんな朝早く起きて」

「ち、違うわ。だって毎朝」

「嘘つかなくていいよ。明日からはいつもの時間に家をでればいい。朝は台所で物音を立てないようにする。ありがとな。気ぃつかってくれて」

違うよ、ジュウ兄さん。あたしは気をつかったんじゃない。

「ふたりとも私語を慎んでぇ」

翔はすっかり師匠気取りだ。

「はい、右足をさげて、今度は左足をあげるぅ」

弟の命じるまま、からだを動かす。自由と視線があった。

笑ってる。

でもその笑顔は、幕間堂のレジで見た写真の美晴さんと同じだ。

「左手で弧を描いて、息を吸ってぇ吸ってぇ吸ってぇ」

気をつかってるのはジュウ兄さんのほうだよ。うるさい両親と離れて暮らせてラッキーだなんて。半分は本当かもしれないが、半分は嘘に決まっている。空元気で粋がっているだけだ。

それがわかっても、と左手で弧を描きつつ、世宇子は思う。

あたしにはどうすることもできない。

「はい、吐いてぇぇ」

翔の高らかな声が、空に響き渡った。

第5話　のっぴきならない事情

夕食が終わったあとだった。

「ちょっといい?」

台所で洗い物をしていたお母さんが居間にあらわれた。

その瞬間、世宇子は叱《しか》られるととっさに首をすくめた。洗い物の手伝いをするつもりだったが、美晴さんに誘われ、うっかりテレビの前に居座ってしまっていた。少し腰を浮かせ、逃げる準備までした。

だがお母さんは「ねえ、美晴さん」と言った。

「え、あたし?」

「そうよ」

「これ見終わってからでいい?」

美晴さんはあっさり受け流した。周囲の空気が一瞬にして冷たくなったのがわかった。

やばいよ、美晴さん。

世宇子は胸のうちで叫んだ。

お母さんはいつも、怒っても顔にはださない。慈愛に満ちたといっていい優しい表情のまんまだ。怒りは態度でしめす。といって相手を殴ったりするわけではない。お母さんはリモコンを手にとってテレビの電源を切ってしまった。

ふりむく美晴さんに、にっこり微笑《ほほえ》み、「いいわよね？」と念を押すように言った。

お父さんは同じ部屋にいたけれど、牧乃鮨からもらった大きな湯呑《ゆの》みで、お茶を啜《すす》っているばかりだ。この家で、怒ったお母さんの恐さをもっともわかっている男としては正しい態度である。

「翔、宿題は？」

お母さんは、部屋の隅で寝そべって『月刊モー』の最新号を読んでいる翔に声をかけた。

「うん？　終わっちゃった」

こういうときの翔は察しが悪い。『モー』から顔をあげようともせず、生返事をする。

「翔さ、おれの部屋でバランスタワーでもしようぜ」

気をきかせて従兄《いとこ》の自由がそう提案した。彼がこの家に居候するようになって一ヶ月になる。そのあいだにお母さんの恐さを熟知したようだ。

「ジュウ兄ちゃん、弱いんだもん。つまんないよ」

まったくこいつは。

世宇子は立ちあがり、寝そべる翔から『モー』を奪って、廊下へ走った。

「なにすんだよぉ」

体育2の弟が情けない声で、あとをおいかけてきた。

夏休みに入ってすぐのことだから、かれこれ三ヶ月近く前になる。朝の食卓で、お母さんがお父さんにこう言った。

会社にいいひといないんですか。

この場合のいいひとは、頭がいい、性格がいい、家柄がいい、などそのへんをぜんぶ含めて、美晴さんの結婚相手にちょうどいいひとである。

なにせ美晴さんは二十八だ。

お父さんは、会社のひとにあたってみるとは答えていた。しかしその後、具体的に動いた様子はなかった。

するとお母さんはしびれをきらしたのか、ついに自らうってでた。九月のなかばあたりから、週にふたりのハイペースで、美晴さんのもとに見合い写真を運んできた。お母さんの、どこにそんなネットワークがあったのか、家族のだれも見当がつかなかった。お父さんもいぶかしがるほどだった。

「義姉《ねえ》さんもしぶといよ」

一時間ほどしてから、美晴さんは自由の部屋にやってきた。二階のそこはもとはおばあさんのだったところだ。

自由と世宇子と翔で、バランスタワーではなく、ダイヤモンドゲームをやりだしていた。自由がもってきたものだ。ただしだれもルールを理解していないため、いまいち盛りあがらず退屈しかけていたので、美晴さんの登場をみんな歓迎した。

青と白のストライプの長袖《ながそで》Ｔシャツに、膝《ひざ》が擦り切れた臙脂色《えんじいろ》のジャージの美晴さんは、子供三人の輪にすんなりと入ってきた。あぐらをかき頬杖《ほおづえ》をついてしゃべる彼女は、とても二十八歳のおとなには見えない。

「今日ので十人目だよ」

いやがっているくせに、人数は数えているんだ、このひと。

これまでの九人は写真の段階ですべて断っている。断る理由は以下の通り。

いわく「歯にのりがついている」（世宇子はそのひとの写真を見た。笑って白い歯をだしてはいるが、のりは見えなかった）。いわく「ヒトラーみたいなちょびヒゲはどうもねえ」（いまどきこのひげはないよねと自由も首をひねった）。いわく「貧乏神みたい」（これには爆笑した。言いえて妙とはまさにこのこと）。いわく「ワイシャツの襟が片方、折れている」（そうだった。でもだからってそれが断る理由になるだろうか）。いわく「臭そう」（ひどい。あんまりだ。世宇子は写真のひとに同情した）。

そのほかいろいろ。ほとんど言いがかりである。

「いい加減あきらめてくんないもんかねえ」

「美晴さんこそあきらめて、一度してみたらどう？　見合い」

自由の口調は軽いが本気ですすめているようだった。

「うーん」と美晴さんはうなった。

おやま、どうしたことだろう。

つい先週も自由は同様の意見を口にした。それに対し美晴さんは「冗談じゃないわ」と憤慨したのである。ところが今日は様子がおかしい。しかも「それもありかなあ」なんて言いだしている。

「そうだよ」自由がさらにすすめる。「見合いをしたからって、そのひとと結婚しなくちゃならないわけでもないしさ」

「美晴さんは小山田さんと結婚すべきなの」

ダイヤモンドゲームの駒《こま》を集めながら、翔が意見した。

「あいつは駄目だよ」と美晴さんは否定した。あいつ呼ばわりされる小山田さんが、世宇子は少しばかりかわいそうになった。

「なんでだよ」

「翔がむきになって怒ることないだろ」と自由がいなすと、翔は口を尖《とが》らせ、そっぽをむいた。

「あたしより五つも下なんだよ。第一、図体ばかりでかくて、中身はまるきりガキ」

印象としては目の前の叔母《おば》よりも小山田さんのほうがずっと大人びている。しかしあんな人の好《よ》さそうな人では、この叔母にまったく歯がたたないのもたしかだ、と世宇子は思う。

「小山田さんのほうがずっとおとなだよ」翔も世宇子と同意見だった。「車だってもってるし」

小山田さんがおとなっていう部分はそこか。

「あいつ、免許はあるけど車はもってないよ」

「いつもトラックに乗ってるじゃん」

「あの軽トラックは幕間堂のさ」

美晴さんと翔のやりとりを聞きながら、世宇子はあることを思いだしていた。

『旅費サンキュー。必ず返す。いろいろ心配かけてあいすまぬ。ミハル　追伸　マガンおらず』

はたして旅費は返したかどうかも気になるが、むしろ、心配かけて、の言葉のほうがひっかかる。美晴さんは小山田さんにどんな心配をかけたのかしら。

「十人目はどんなひと？」

世宇子の質問に、美晴さんは「見たい？」と聞き返してきた。

「見せてよ」と言ったのは自由だった。

「写真、あたしの部屋にあるんだ。いま持ってくる」

美晴さんが持ってきたのは雑誌だった。表紙を見て、世宇子と自由は顔を見合わせた。筋骨隆々の男がポーズを決めている雑誌の名は『月刊ボディビル』だった。

「え？　どういうこと？」

「これに載ってるのよ」と言いながら、美晴さんは雑誌をぺらぺらめくった。「ああ、これこれ。この右のページのひと」

ページを開いて畳のうえに置いた。世宇子と自由はそれをのぞきこんだ。翔は自らの『小山田待望論』を聞き入れてもらえないことに拗《す》ねたのか、『モー』を読んでいる。

「関東地区優勝ってひと？」と世宇子はきいた。

「そう」

そのひともまた筋骨隆々でパンツ一丁だった。正直、表紙のひととどう違うのかわからない。自由の口元がゆるんでいた。笑いだす一歩手前だ。お母さん、なんでこんなひと、というよりもだ。世宇子は写真の男をもう一度見た。

知っているんだ？

「こんなの美晴さんの趣味ではないでしょ」自由は同情するように言った。「今回は」

断ったほうがいい、とつづくはずだったろう。しかし美晴さんが遮った。

「やってみっかな。見合い」

見合いというものが、やってみっかでするものかどうか、中一の世宇子にはわからなかった。

それから二日が経った。日曜日だというのに、世宇子は幕間堂の店番をしていた。美晴さんのピンチヒッターである。朝、今日代わってくんない、と言われたので引き受けた。

最近では幕間堂にいる時間が彼女より多いように思う。

にもかかわらず世宇子は無償で働いていた。ときには店の商品である漫画などを読む場合もあるが、もらいはしない。店主のオバサンや小山田さんにお菓子をいただく程度だ。子供扱いされているようでおもしろくないが、まあ、いい。

家からくるとき、世宇子はデンスケをもってきた。重たいが運べない重たさではない。店番をしながらそれで音楽を聞いた。

いまもそうだ。半年前に自由からもらったテープをまた聞いている。曲にあわせて鼻歌を唄《うた》っていると、店の前に当の自由が現れたのでおどろいた。手を挙げて、にこやかに笑っている。ががたとガラス戸を開けて、中に入ると、積まれた本をくずすことなく、すいすいと横歩きでレジにむかってきた。そのあいだに世宇子はヘッドホンを外した。

「決まったよ」世宇子の前に立つと、自由は言った。

「なにが？」

「美晴さんの見合い。来週の今日」

「ほんとにやるのね」

「そうなんだよ。きみの母さん、大喜びでね。今日はしゃぶしゃぶだとさ。翔は図書館で姫はここだろ。家でぶらぶらしてたおれが、買い物する羽目んなったんだ」

見合いが決まっただけでしゃぶしゃぶとは。お母さん、どうかしてるよ。婚約したり、結婚などしようものなら、酒池肉林の日々が待っているかもしれない。

「なあ、姫」

「ん？」

「美晴さんさ、ああいうの趣味だったか？　筋肉ムキムキのさ」

「ぜったい違うと思う」

「なんかこう、おれはさ、美晴さん、やけになってるって気がする」

二駅先の町に住む男とはその後、どうなったかはわからない。だが美晴さんがおしゃれをして、というのはお母さんの服を借りてということなのだが、でかけることは最近なかった。となればぜったい別れたに違いない。

世宇子はそれはそれでよかったと思う。いきなり家にきたり、夜中に美晴さんを追いだしたりするようなヤツなんて最悪だ。許せない。第一、あのなんともいやらしい声。思いだすだけで、胸くそが悪くなる。ジャックダニエルのたまご酒で吐いた記憶と重なるから余計だ。

「これからいろんなひとと、見合いするつもりでいるのかもしれないよ」

「にしてもさ。こんな」と自由は関東地区優勝者のポーズを真似《まね》てみせた。「ヤツとさ、美晴さんはつり合わないだろ？」

「縁は異なもの味なものだよ」

「ヘンな言葉、知ってるな」自由はポーズをとるのをやめた。「ともかく。美晴さんのやけのおかげでしゃぶしゃぶにありつける。文句は言うまい」

そしてデンスケを指さし、「家から持ってきたの？」と不思議そうな顔をした。

「え、あ、うん。あの」

急にきかないでよ。世宇子はどぎまぎしてしまった。

「カセットデンスケもって歩くなんて」莫迦《ばか》にされるかと思ったが、そうではなかった。

「よっぽど音楽好きなんだね、姫は」

「う、うん」

「なに聞いてるの？」

「おばあさんのお葬式んとき、ジュウ兄さんがくれた」

「あれか。気にいった？」

「うん、とっても」

「あのバンド、明後日《あさって》、新譜がでるんだ。買ったら、すぐ、学伯父《おじ》さんのミニコンポでテープに録音してあげるよ」

「ほんと？　約束よ」世宇子は思わず小指をだした。「指切りげんまん」

美晴さんもしゃぶしゃぶもどうでもよかった。バンドの新譜すら関係ない。大切なのは自由との約束だ。


とにもかくにも見合いの日の朝になった。

世宇子が眠い目をこすりながら襖《ふすま》を開くと、台所に美晴さんがいた。なんとお母さんとふたりで朝食の準備をしていた。おまけに「おはよう」なんてあいさつもされてしまった。

「お、おはよう」

世宇子はたじろいだ。こんなの美晴さんじゃない。

「いったい何事だ」

縁側のほうから入ってきたお父さんが、立ちすくんでいた。

「やあね、学兄さん。いつも義姉さんの手伝いしろっていうのは、兄さんでしょ」おみおつけの味見をしながら、美晴さんが微笑んだ。世宇子は寒気を催した。「今日はお見合いだし」

「見合いったって、でかけるの夕方だろ」

美晴さんの見合いは、この町の山沿いに建つホテルのフランス料理店でとりおこなわれる。

「いろいろ準備することがあるんですよ」とお母さんが口をはさんできた。「美容院にいって髪を整えなくちゃいけないし。振袖でいくことになりましたから」

朝食のあいだは美晴さんとお母さんだけが終始、楽しげに会話をしていた。

「今日のお見合いは楽しみだわ、義姉さん。あたし、緊張してきちゃった」

「美晴さんらしくもない。いつもの自然なあなたでいれば、きっと気に入っていただけるわよ」

ふたりともヘンに気取った物言いだ。笑い方も、あはは、ではなく、おほほ、である。

「こわい」と翔が呟《つぶや》くのが聞こえた。

あたしもだよ。胸のうちで世宇子はうなずいた。

世宇子は畳に寝そべり、デンスケで音楽を聞いていた。おととい、自由がくれたテープだ。うとうとして、はっと気づくと目の前に脛毛《すねげ》の生えた足が二本、並んでいた。お父さんだ。暑がりの彼は十月に入る頃まで、家の中ではバミューダパンツでいる。

「いやだっ」と声をあげ、世宇子はヘッドホンを外し、その場に体育座りになった。

「もうすぐ正午だぞ」

お父さんは不満と当惑をないまぜにした表情で、見下ろしている。

「母さんと美晴は美容院で、自由と翔は連れだってどっかいっちまった。おまえは幕間堂へいくのか？」

「一時過ぎには」

「じゃあ、昼飯は」

牧乃鮨からお寿司《すし》でもとってくれるのかしら。

そう期待していると意外な答えがかえってきた。

「炒飯《チャーハン》つくってやる」

「え、なんで？」

世宇子がきき返してもお父さんは答えず、台所へ消えた。

「なんだ、おまえ、そこで見張ってるつもりか？」

食卓の椅子《いす》に座る世宇子を、お父さんは少しにらんだ。

「駄目？　なんか手伝おうか」

お父さんは冷蔵庫の中から食材をだしながら、「いや、いい」と短く答えた。照れているように見えるのは錯覚だろうか。

台所に立つお父さんのうしろ姿は妙だった。いつもの台所じゃない気がするし、いつものお父さんでもない気がした。

まず葱《ねぎ》を切りだした。包丁とまな板が奏でる軽快なリズムが台所に響いた。ほんとに料理をやっていたんだな。にんじん、ピーマン、しいたけ。それぞれを細かくみじん切りにしていった。

「お父さんさ」

「なんだ？」答えるときも、包丁の音はぶれなかった。

「お父さんは美晴さんに結婚してもらいたい？」

「あたり前だ。いつまでも家にいられちゃ、かなわん」

「あたしもそう？　結婚して家でていってほしい？」

包丁の音がとまった。世宇子の言葉がストップをかけたわけではなかった。みじん切りが終わっただけだ。

フライパンをコンロに載せ、火をつけた。たまごをわって、湯呑み茶碗《ぢゃわん》にいれ、菜箸《さいばし》でかきまわす。長いブランクを感じさせない流れるような手つきを、世宇子は心密《こころひそ》かに感心していた。声にだしてほめてもいいが、かえって不機嫌になりそうなので、やめておいた。

この家の人たちはみんな素直ではない。

「まだ先のことだろ」

やや遅れて、お父さんから返答があった。フライパンに油を垂らしている。

「それほど先のことじゃないかもよ」

お父さんはフライパンを片手でもちあげ、油がぜんたいにいき渡るようまわしていた。やはりなれた手つきである。世宇子の座っている場所だと、父の顔を斜め後ろから確認できた。とても神妙な表情をしている。

「相手がいるのか」

そう言いながら溶いたたまごをフライパンに流しこむと、間髪を入れずに手早く菜箸でかきまわした。

「いるわけないじゃん。あたし、中一だよ。だからさ、たとえばの話だって」

「そのときになってみないとわからん」

少し怒り気味だった。世宇子はそれ以上、なにも言わなかった。お父さんを不機嫌にしてもいいことはないからだ。

お父さんの炒飯には、鶏肉も焼豚も入っていなかった。納豆もサクラでんぶもキャビアもだ。ちくわが入っていた。お母さんがつくる炒飯よりおいしかった。味付けに秘訣《ひけつ》があるのだろうか。あるいは火加減か。

「おいしいね」

「そうか」

お父さんの返事はそっけない。ほめ甲斐《がい》のないひとだ。

「今度、翔にもつくってあげて」

「ああ、そうだな」

幕間堂へいくと、小山田さんが本の整理をしている最中だった。百九十センチある彼のおかげで、本棚は高い位置まできれいに揃《そろ》ってはいた。だがまだ紐《ひも》で括《くく》られたまま床に積まれていたり、段ボール箱からだしていない本もある。永久に片づきそうにない。せっせと働くもじゃもじゃ頭の大男の姿は、罪の償いをさせられているかのようだ。

「お客さんがきたときは、ヘッドホン、外すんだよ」

世宇子の運んできたデンスケを見て、小山田さんはそう注意した。

「わかってるって」

五時にはオバサン戻ってくるからそれまでよろしく、と小山田さんはいなくなった。

世宇子は、レジに座ると、ヘッドホンを耳にして、デンスケの再生ボタンをオンにした。

それから二時間ばかり、店にはだれもこなかった。

自由と翔があらわれたのは、だいぶ陽が傾いた頃だった。自由はスポーツウェアで、翔は学校のジャージ姿だった。

「あれ？　どうしたの？」

ヘッドホンを外し、店番の席から世宇子はふたりに声をかけた。

「うん。ふぅひぃ、ふぅ」翔の息は絶え絶えだった。額の汗をジャージの袖で拭《ぬぐ》い、世宇子の質問には答えずこう言った。「お水一杯、もらえる？」

「マラソンの途中」自由は苦笑まじりだ。

「と、途中って。まだ走らなきゃなんないの？」翔は泣きそうな顔で自由を見あげた。

「勘弁してよ。ふぅひぃ。聞いてよ、お姉ちゃん。ジュウ兄ちゃん、スパルタなんだぜ。ひぃぃ。朝から走りっぱなし。もうくたくただよ。ふぅ」

「翔はさ。もっと体力つけなきゃ駄目なんだ。冬休みになったら、もっと本格的にトレーニングしてやる」

「ほ、本格的って」

翔は本棚にもたれかかろうとした。しかし少し距離があったのがまずかった。もたれるというより背中から倒れる形になった。世宇子が「あ」と言ったときには遅かった。小山田さんがきれいに整理をしていった本が、翔の頭のうえにばたばたとなだれのごとく落ちてきた。

「アレは美晴さんじゃないよ」

レジのむこうで翔は力説していた。その手には『月刊モー』のバックナンバーがあった。

マラソンの続きは、翔がぐずったためナシになった。なだれを起こした本は自由が直してくれた。

「美晴さんが家族のためにおみおつけをつくるなんて、信じられる？」

世宇子は翔の顔をまじまじと見つめた。一昨年《おととし》までは女の子と間違えられていた面貌《めんぼう》は、頬骨がはっきりしだして、ふっくらと丸みのあった頬に凹凸ができはじめていた。ただし睫《まつげ》は長いので、目許《めもと》だけ見ると、お母さん似であることは歴然としている。

「あり得ないことだね」

「ぜったいあってはならないことなんだよ。ねえ、ジュウ兄ちゃん」

自由はしゃがんでいた。棚に入りきらず、床に積み上げた本の背表紙を見るため、首を横にした。そのままの格好で答える。「ヘンはヘンさ。でも美晴さんだって人間なわけだし、はじめての見合いなもんでとち狂ってるだけだろ」

「アレは人間じゃない」翔は、なにもわかっちゃいない、といったカンジで、首を横にふった。「宇宙人が化けているんだ。美晴さんの顔が裂けて、中からゴキブリみたいな宇宙人がでてきても、ぼくは驚かないね。むしろ納得するよ」

世宇子はため息をついた。お母さんはできるだけ早く弟から『月刊モー』を取りあげるべきだ。

「いま何時だ？」本を物色中の自由がきいた。

「五時」レジにある時計を見て、世宇子は答えた。「美晴さん、いま頃、食事をしているはずよ」

「そもそも見合いをするっていった段階で、ぼくらは気づくべきだったんだ。いまの美晴さんが宇宙人であることを」

翔はさらに世迷い言《よまいごと》をつづけていた。ぼくらの「ら」はだれだ。あたしとジュウ兄さんのことか？

「で、なに？」どこをどう否定すれば弟が正気に戻るかさぐるため、世宇子はあえて質問した。「美晴さんに化けた宇宙人はなにが目的なの？」

「しっかりしてよ、お姉ちゃん。決まってるじゃないか。地球の征服だよ。そのためにまず今日の見合い相手とコーハイするつもりさ」

翔が言うコーハイが交配だとわかるのに、世宇子は少し時間がかかった。「おまえ、交配って意味を知っててつかってるのか？」

ぽんと自由が分厚い本で翔の頭を叩《たた》いた。

世宇子はもちろん知っている。そのへんは耳年増だ。自分の顔が紅潮していくのがわかった。

「結婚して子供をつくることだろ」大事な部分がすっぽり抜けている。「そうやって宇宙人の子孫を増やして、ぼくたち地球人を征服しようと企《たくら》んでいるんだ」

口から泡を飛ばさんばかりの勢いでしゃべる弟の肩ごしに、妙なものが見えた。店先に振袖の女性が歩いている。まさかと思ったが、そのひとはガラス張りの引き戸を開けて、店に入ってきた。

「みなさんお揃いで」美晴さんだった。振袖だとは聞いていたが、髪をアップにして化粧も別人のごとく塗りたくっているので、遠目には気づかなかった。そもそもこの時間はまだ見合いのはずではないか。「世宇子、悪いんだけどさ、お金貸してくれない？」

「え？　なんで？」

「タクシー代。二千円あれば足りるからさ。商店街入れないんで、待っててもらってるんだ。早くして」

振袖なのに、美晴さんは山と積まれた本の隙間《すきま》を、すいすいと通った。接近する彼女に、翔は二、三歩退《ひ》いた。そして床にあった雑誌の束につまずき、うしろへ倒れ、ふたたび本のなだれを起こした。そんな甥《おい》の失態を気にせず、美晴さんはレジにいる世宇子に右手をさしだした。

「二千円なんか持ってないよ」

「レジのお金でいいって。あとであたしからオバサンに返しとく」

「おれが払ってきてあげるよ。タクシーは商店街の入り口？」

「違う違う。この店の裏の大通り。となりの薬屋の脇《わき》の細道抜けてすぐんとこ」

「細道なんかあったっけ？」

美晴さんの説明に、自由が首をかしげた。

「猫が通れるぐらいの」

「あれは道じゃなくて、建物と建物の隙間でしょ」世宇子はあきれた。よくもまあ、あんな狭い場所を振袖で通ってきたものだ。

「タクシーにバッグ置いてきてあんの。それ、忘れずに持ってきて」

自由を見送ってから、美晴さんは店の奥の襖を開けて、草履を脱ぎ、和室にあがった。

「見合いどうしたの？」

襖はあけっぱなしだ。美晴さんは豪華な仏壇を背に、うしろ手をつき、足を伸ばした。どこからでてきたのか、禁煙パイポをくわえている。「逃げてきちゃった」

予想していた答えだったので、驚きはしなかった。

「ロビーで待ち合わせして、そのあとレストランへ移動しましょうってことになったとき、トイレいってくるって言い残して、そのままホテル抜けでてタクシー乗っちゃった。義姉さんに調子あわすのもう限界」

着物の裾《すそ》が乱れ、白い足首がのぞいていた。

「ひどい」

「やあね、世宇子。その言い方、義姉さんそっくり」

お母さんまで侮辱された気がして、我慢ならなかった。

「いやならはじめっから断ればよかったのよ。そうやってさ、人様に迷惑かけてさ。よくないよ」

自分の声が鋭くなっているのがわかる。怒っているんだ、あたし。世宇子は怒っていること自体が恥ずかしくて、うつむいてしまった。それでも怒りはおさまらない。

「お母さんだって美晴さんのこと心配して、今日のお見合い段取りしてくれたんでしょ。それをさ、途中で逃げだしたりして。最低だよ。カッコ悪いよ」

「そんな」美晴さんがなにか言おうとするので、世宇子は顔をあげ、きっとにらんでやった。

「いっつもそうじゃん。まずいことあると、ぷいってどっかいっちゃってさ。逃げちゃうの。ちょっとしたおみやげでも買って帰ってくれれば問題が解決すると思ってる。甘えてるんだよ。駄目だよ。許さない。逃げてばっかしいる美晴さん、ぜったい許してやんない」

「逃げてないよ」

美晴さんはまっすぐな視線を、世宇子にむけた。にらんでいるのではない。その目はとても寂しげで、悲しそうだった。

ずるいよ、そんな目であたしを見るなんて。怒ったあたしが悪いみたいじゃん。

「追いかけてるの」

「え？　なにを？」

「さあ。なにかな」

美晴さんの表情が一変した。笑っている。艶《つや》っぽいおんなの微笑みだ。なぜか世宇子にはそれが自分を挑発しているように見えた。

あなたにはできる？　こういう笑いかた。

「こ、これでいいんだ」翔が叫んだ。「見合いから逃げたということは、交配を拒否したってことで、美晴さんが宇宙人じゃなかったことが証明されたわけなんだ。よろこばしいことさ」

こうして地球は危機から救われた。そう言いだしかねない勢いだ。弟がどこまで本気なのか、量りかねた。

「よっこらせ」

美晴さんは立ちあがり、草履を履き直した。

「どこいくの？」世宇子は訊《たず》ねた。

そこへ自由が戻ってきた。「千八百九十円。美晴さん、貸しだよ。あとバッグ」

「サンキュ」美晴さんはバッグを受け取った。「自由、ごめん。もう二千円、貸してくんない？」

「え？」自由の視線が世宇子にうつった。なんかあったのか？　とでも言いたげな目だった。美晴さんは、だれに確認するわけでもなく言った。

「駅前のロータリー、タクシー乗り場あったよね」

見合いで四十分も中座した美晴さんは、むろん先方から断られた。

彼女がホテルに戻ったときには、相手は帰ったあとだったそうである。

お母さんは怒りのはけ口が見つからなかったようで、後日、この一件を『ふる田』で世宇子にむかってぶちまけた。

「トイレいってたなんて嘘《うそ》よ。タクシーが出入りしてるのをフロントのひと見てたんだから。なのにどこへいってたか言わないのよ、美晴さん。のっぴきならない事情があっただなんてふざけたこと言ってさ」

お母さんはふだんの優しい笑顔ではなかった。怒りをあらわにした、というほどではないにしろ眉間《みけん》にしわを寄せている。

いっそのこと、そのあいだに美晴さんが幕間堂書店にきたことを言ってしまおうか。世宇子はそう思いもしたがやめておいた。

自由も翔も、口裏をあわせたわけではないのに、この一件について、お母さんやお父さんに話していないようだった。

なぜか美晴さんを守ってあげよう、という気持ちになった。きっと自由や、小学四年生の翔も同じはずだ。

美晴さんに人望があるから？　まさかそうではない。

「あの逆三角形のからだに恐れをなしたのかもしれないけど」

そう言いながら、お母さんはおしるこを啜った。

「逆三角形？」

「見合いの相手のひと。服着ててもムキムキのからだのかたちがわかるのよ。間近でみるとちょっと、とは思うわ。だけど逃げなくったっていいじゃないの」

「甘えてるんだよ、美晴さんは」

世宇子の指摘にお母さんはうんうんとうなずいた。「ほんとそう。甘えてるのよね。

ねえ、世宇子」

「なあに?」

「あなた、まだ、おしるこ食べられる? 母さん、もうひとつ注文するから半分こしない?」

まるで自分の怒りを半分こにしようと言っているふうに思えた。

「いいよ。半分こ、しよ」


その後、お母さんが美晴さんの見合いについて、あきらめたかと言えばそうではなかった。以前にも増して、相手の写真を家に運んできた。

それらを美晴さんは姪《めい》や甥たちに見せて、ひととおり品評した。たいがい、土曜か日曜の夜だった。

世宇子はそのときが好きだ。なにかとても幸せな気分になれた。理由は簡単だ。自由の笑顔が見られるから。

空元気ではない、ほんとうの笑顔を。

第6話　イタコイラズ

「ホワイトクリスマスだよ、世宇子姫」

窓枠に腰かけ、外になげだした足からブーツを抜き取りつつ、美晴さんは言った。暗がりの中でも吐く息が白いのはわかる。

「いいから早くはいっておいでよ」

世宇子はいちご柄のパジャマのうえに綿入れの半纏《はんてん》だ。寒くてたまらない。外は粉雪が舞っている。

脱ぎ終わったブーツを二本とも左手にもった美晴さんは、部屋に入ってこようとしなかった。まさか窓枠に座ったまま眠ったのかな、と世宇子はもう一度、声をかけたのだが、返事はない。あり得ないことをするのがこの叔母《おば》の常なので、目をつむっていないか、世宇子は顔を見ようと窓に寄った。

すると美晴さんは、からだをねじり、右手を大きくふった。

その方向にはわずかに表の道が見える。とするとそこにいるだれかにさよならをしているに違いない。

だれだろうと世宇子も窓から顔をだそうとしたところで、美晴さんが窓枠の上でお尻を軸にくるりとまわって部屋に入ってきた。

世宇子は道のほうを見たものの、もうだれもいなかった。

美晴さんが酔っぱらって、世宇子の部屋の窓から帰ってくるのは、ひさしぶりだ。前は一学期最後の日、今日は二学期最後の日だ。

夏休みからの五ヶ月間で、世宇子は三センチ身長が伸び、からだにも多少凹凸がついた。幕間堂書店で毎週土曜日の午後、店番することになり、店長のオバサンから一回千五百円のバイト代をもらえるようになった。そのうち千円は郵便局に貯金してある。

つまり世宇子にはこのあいだに、ひととして変化と成長があったわけである。しかし美晴さんはどうだ。部屋にあがると七月のときと同じことを訊《たず》ねてきた。

「世宇子姫は、好きな男の子いないのぉ」

従兄《いとこ》の自由だなんて口がさけたって言えやしない。それを察したかのように、「自由は駄目だからね。あれはあたしのよ」

と言ってから、美晴さんは、けけけ、と魔女みたいな笑い声をだした。

「な」なに言ってんのよ、と言いかけ、世宇子はぐっとこらえた。

「自由もさあ、いまはあんな立派なからだつきになって、うっすらヒゲなんか生えてたりして気色悪いけどね。翔ぐらいんときは、そりゃあ、かわいかったんだから。ぼく、美晴姉ちゃんと結婚するんだなんて、よく言ってたもんだよ」

「ふうん」世宇子はできるだけ気のない返事をしてみた。自由は十七になる。翔ぐらいといえば、十年も昔のことではない。世宇子が幼稚園の頃だ。

美晴さんはにやにやしつつ、部屋をうろついていた。

「なにしてんの？」

「ブーツ、どこ置こうかなと思って」

「玄関に置いてくれれば？　そのまんま自分の部屋いきなよ」

「やだよぉ。ひとりになりたくないもん。あ、ここ、置いていい？」と美晴さんが指さしたのは、机の脇《わき》に積んであるいらない漫画雑誌だ。紐《ひも》で束ねてあるので、捨てるものだとわかったのだろう。いいよ、と世宇子が答える前にブーツをそこに置いてしまっていた。

「この部屋、ハンガーないの？」と言いながら、美晴さんはコートを脱いだ。中から赤い別珍のワンピースが出現したことに、世宇子は驚いた。七月は世宇子のお母さんの服だったが、今日のはそうではないようだ。

「この上」美晴さんは壁にかかったセーラー服を指さした。「コート、かけちゃっていい？」

これまた世宇子の答えをまたずにかけてしまった。そして美晴さんはその場でくるりとまわった。

「きれいだよ」世宇子は認めずにはいられなかった。

「義姉《ねえ》さんがさ、赤が似合うっていうから」

「買ったの？」

「花屋のミキさんに借りたの。こうすると」美晴さんは前屈《まえかが》みになった。「中、見えちゃうのよぉ」

襟ぐりからのぞく胸の谷間から、世宇子は目をそらした。自分の凹凸など、まるで比べものにならなかった。

それから美晴さんは「うぅぅ、寒い」とそのまんまの格好で、世宇子の布団に入ってしまった。

「あんたもそこ座ってないで、中、入りなよぉ」

世宇子はやむなく半纏を脱ぎ、かけ布団にのせてから、もぐりこんだ。すると美晴さんが両手両足で抱きついてきた。こういうのはあたしじゃなくて好きな男にしなとは、さすがに言えなかった。

「おめえ様はあったけえなあ」と美晴さんがふざけた口調になる。そして、はあ、と酒臭い息を吹きかけてきた。

「よしてよぉ」

「あんた、ほんと好きな男の子いないの？」

「いないって」

「あたしはいるよ」

突然の告白に、世宇子は言葉を失ってしまった。

「いまも彼にここまで送ってもらったんだ」さっき手をふっていたのは、そのひとにだったのか。「いいって断ったのにさ。なにかあったら大変とか言うんだあ」

そして美晴さんは、ふふふ、と笑った。もう目はつむっている。

「だれ、そのひと？　あたしの知っているひと？」

だが答えはなかった。ねえ、ともう一度訊ねても、美晴さんはすうすうと寝息をたてるばかりだった。


「うぉあ」自分の呻《うめ》き声で世宇子は目覚めた。胸の上がいやに重い。こわごわ布団の中をのぞくと、ひとの足があった。

世宇子はふたたび布団から顔をだして、自分の足元のほうを見た。すると左斜め下に、美晴さんの顔があった。口を半開きにして、なんだか幸せそうに眠っている。

このひと、どんな格好で寝ているんだ？

美晴さんの足を自分の胸からどかせて（左足だった）、世宇子は布団からでて、半纏を羽織った。部屋の空気はひんやりと冷たく、くしゅんとひとつ、くしゃみをしてしまった。

美晴さんが帰ってきたとき、雪降ってたっけ。積もってるかな。

カーテンを開けた途端に、世宇子は「あっ」と小さく声をあげた。

「美晴さん、雪、まだ降ってるよ」

よろこびのあまり、ふり返って言ったものの、叔母は目覚める気配がなかった。起こしても、どうせめんどくさがられるだけだ。

世宇子は窓を開けた。窓枠に手をかけ、身を乗りだして、空を見あげた。舌をつきだし、降る雪をとらえた。

こんな子供っぽいとこ、弟の翔には見せられないな。従兄の自由にはぜったい駄目だ。

雪はすでに十センチは積もっているが、まだまだいけそうだ。着替えて表にでよう。中学一年にもなって雪が好きだなんて、恥ずかしいが、昂《たかぶ》る気持ちは抑えられない。

窓からからだをひっこめようとしたとき、表の道に人影が見えた。世宇子は気になって、そちらに顔をむけた。

男のひとが立っていた。さしている傘の陰になっているせいで、顔はさだかではない。しかしやや太っちょの体型で見当がついた。

勉叔父《おじ》さんだ。

世宇子が叔父さんと会ったのは二学期のはじめの頃だ。自由とこの家にやってきた。そして自由を置いて、その後は行方知れずだった。世宇子が知らなかっただけで、お父さんや自由とは連絡をとっていたのかもしれない。

でもどうしてあんなところに佇《たたず》んでいるのだろう。

親父は半年でカタがつくって言ってたけど、怪しいものさ。五千万の借金、そうそうかえせるわけないだろうしね。

自由はこの家にきたとき、そう言っていた。あれから四ヶ月。いま、雪の中で傘をさして佇む勉叔父さんは、うらぶれて見えた。黒い大きな鞄《かばん》を肩に担いでいるのが、余計そんな雰囲気を醸しだしていた。

傘が少し上むきになり、顔があらわれた。叔父さんは窓から身を乗りだしている世宇子に気づくと、たじろいだ。しかしすぐに背中をしゃんとのばすと、「おはよう」とあいさつをした。低く通る声は以前と変わらなかった。

「なにしてんの？」

叔父さんはいぶかしげにこちらを見ている。だがやがて世宇子のほうへやってきた。ぼすぼす。歩くたびに音がするのは、叔父さんが長靴だからだ。

となりの家の垣根と家のあいだは、あまり幅がなかった。叔父さんにはせまく、歩きづらいようだった。しかも傘の先が時折、家の壁をひっかき、ががががが、とひどい音をたてる。

ぼすぼすぼす。が、ががが、が。ぼすぼすぼす。

ようやく叔父さんは、世宇子の前に辿《たど》り着いた。

「ひさしぶりだな。元気だったか？」

叔父さんこそ、と世宇子は言いたくなった。うらぶれて見える理由がまだあった。体格は変わっていないのに、頬《ほお》がこけ、不精ヒゲなんか生やしている。おしゃれを信条としていたはずの叔父さんでは、あり得ないことだ。

「まあまあ」

「まあまあって、ずいぶん冴《さ》えない返事だな。そういうとこ、兄さん、そっくりだ。言い方とかもな」

叔父さんは力なく笑った。

「玄関の鍵《かぎ》、開けるから、家にあがれば？」

「いや」

「こっからあがる？」

「昔はよくやったけどな。知ってるか、世宇子。昔、ここは叔父さんの部屋だったんだぜ」

「知ってるよ。机も叔父さんのでしょ」

そのときになって、叔父さんは、世宇子の布団で美晴さんが寝ているのに気づいた。

「なんだ、あいつ。変なとこから顔だして。どんな格好で寝てんだ?」

「さあ」

「いつもいっしょに寝てんのか、美晴と」

「そういうわけじゃないよ。昨日はたまたま」

昨夜《ゆうべ》のことをどう説明していいかわからないので、黙っておいた。

「あのデンスケ。現役か?」

「うん。あたしが音楽聞くときつかってる」

「へえ。あれさ、世宇子の声を録音するっていうんで、兄さんが買ったんだぜ。あのテープ、どこにあるんだろ」

そして叔父さんは部屋にあった石油ストーブを指さした。火は点《つ》いていない。

「まだ使えたのか」

「あんまり調子よくないけど」

「おれがいまの自由ぐらいんときんだぞ。兄さんもケチだなあ。電気の買ってもらいな。おっ」

叔父さんの視線は、またべつのところにうつった。昨夜、美晴さんが着ていたコートを見ている。

「世宇子ちゃんが着てるのか」

「違うよ。美晴さんの」

「ああ。そうだよな。世宇子ちゃんにはいくらなんでもまだでかいもんな。あれ、昔、母さんが着ていたヤツだよ。懐かしいなあ」

叔父さんはほんとに懐かしがっているようだ。

「おれが中学んときにとなり町の大丸で買ったはずだよ。まだあったんだなあ。虫食いしてないのかな。世宇子ちゃんの部屋は我が家の博物館みたいなとこだなあ」

そのまま叔父さんは、コートを見つめていた。おばあさんのことを思いだしているようにも見えた。ひっくしょん、と大きなくしゃみをしたのは、美晴さんだった。起きるかと思いきや、むにゃむにゃ何事か呟《つぶや》いて、布団の中に頭をひっこめてしまった。世宇子と叔父さんは顔を見合わせ、小さな声で笑った。

「ジュウ兄さん、呼んでこようか」

「いや」叔父さんはあわてだした。そして、黒い鞄から分厚い封筒をだすと、世宇子にさしだした。

「これ、郵便受けに入れるつもりだったんだが、それじゃあ、あんまり不用心だと思ってたとこなんだ。自由に、あ、いや、兄さんのほうがいいかな。どっちかに渡してくれ」

叔父さんに気圧《けお》され、世宇子は封筒を受け取っていた。中身についての推測はできた。

「あがっていってよ」

いまここで叔父さんを家に入れなければ、もうこのさき会えない気がしてならなかった。

「いや、いいんだ、ほんとに。じゃあな」と立ち去ろうとする叔父さんの腕に、世宇子は窓から身を乗りだして、両手でしがみついた。

「美晴さん、起きて！　勉叔父さん、きてるよ！　ねえ、起きてったら！」

「よせ、やめるんだ、世宇子ちゃん！」

「ミ、ハ、ル、さん！」

しかし美晴さんは布団の中からでてこようとしなかった。

この役立たず！

世宇子は必死だった。受け取った封筒は、雪の上に落としてしまった。叔父さんも持っていた傘を開いたまま落とした。

「だれかぁ！　おとぉぉさぁぁん！　ジュウゥゥ兄ぃぃさぁん！」

もうすぐお尻が窓からでそうだ。からだに凹凸がつきはじめた乙女《おとめ》のする格好ではないし、このままだと外へ落ちてしまう。

「いい加減にしてくれっ」

耳元で怒声がした。そしてつぎの瞬間、両腕がいともたやすく剝《は》がされた。

「きゃっ」なにが起きたかはさだかではない。どんと鎖骨のあたりに強い衝撃があった。世宇子は重心を失い、背中から畳へ倒れていた。

「ご、ごめんな、世宇子ちゃん」

そう詫《わ》びると叔父さんは消えた。世宇子は両目から涙が溢《あふ》れてきたのがわかった。痛みのせいもむろんある。だがそれ以上に叔父さんがふるった暴力に驚き、ついには、うわんうわんと声をあげ、泣きじゃくってしまった。

途端、美晴さんが布団から飛び起きた。

「なになに？　どうしたの？　世宇子？　地震？　火事？　泥棒？」

お父さんにお母さん、そして自由が部屋にやってきても、世宇子はパニック状態だった。翔もいた。手足をばたつかせ、泣きじゃくる姉を見て、翔は怯《おび》えていた。

お母さんは世宇子を抱きしめ、赤ん坊のようにあやしてくれた。みんなが見ている前で、恥ずかしいという気持ちはあったものの、涙は止めどもなく流れた。お父さんが「どうしたんだ、なにがあったんだ」とせっつくのをお母さんがとめた。

どうにか気が静まった世宇子は、勉叔父さんがきたことを、ゆっくりと語った。雪がやむ様子はない。だれかが閉めてもよさそうなものを、なぜか窓は開いたままだった。

自由は立ったまま、無表情だ。世宇子のが伝染したように、べそをかいている翔に身をよせて、頭を撫《な》でている。世宇子の話が終わると、昨夜と同じ格好の美晴さんが窓に近づいた。そして下をむくと、「あったあった」と言って、上半身を折り曲げ、分厚い封筒を拾った。

「傘もおっこちてるけど、あれは勉兄さんのだね」

窓を閉め、封筒の中身をたしかめようとする美晴さんを、「おい」とお父さんがとめた。

「どっちに渡せばいい？　自由？　学兄さん？」

「わたしにちょうだい」お母さんが手をさしだした。美晴さんは自由を見た。お父さんはきょろきょろみんなを見まわすだけだった。

世宇子の座る位置からは、自由の顔は見えなくなっていた。翔は、まだぐずぐず鼻を鳴らしている。

「おれはいらない」と自由が短く答えるのが聞こえた。

美晴さんはお母さんに封筒を渡した。

「おまえはずっと起きなかったのか」

「あたし、学兄さんとおんなじだもん。一度寝たら起きないポリシーもってるから」

お父さんはさらになにか言いかけた。そのとなりでお母さんが封筒の口を開き、札束をとりだした。

「おい」お父さんの鉾先《ほこさき》はお母さんにうつった。美晴さんも呆気《あっけ》にとられている。予想はしていたものの、一万円札の束を見て、世宇子も息をのんだ。お母さんはかまわず、お札の数を数えだした。とてもなれた手つきだった。一度終わると、もう一度はじめた。みんな黙ってその姿を見つめているほかなかった。すげえと呟いたのは、泣きやんだ翔だった。

「五十万」二度目を数え終わったお母さんが宣言するように言った。

「これ、預かっておくわね、自由くん」

「は、はい」いらないと言ったはずの自由がそう答えた。

「さ、それじゃあ」とお母さんは腰をあげた。「朝食にしましょ。世宇子、手伝って。美晴さんもお願い」

食事がはじまっても、家族みんな口数が少なかった。話すことと言えば、醤油《しょうゆ》とって、とか、納豆ないの、といった程度だった。美晴さんも然《しか》りだ。もう赤いワンピースは着ていなかった。上下、臙脂色《えんじいろ》のジャージで、世宇子とおんなじ柄の半纏を着ている。どちらもおばあさんがつくってくれた。あれは去年の十月だ。あのときここには自由ではなく、おばあさんが座っていた。

「おれ」まだご飯は残っているというのに、自由は箸《はし》と茶碗《ちゃわん》を置いた。「高校退《や》めます」

家族みんなの視線が自由に集中する。

「退めて、働きます」

「なにを言いだすんだ」

お父さんの語気は荒く、食卓につばが飛んだ。だがいまはそれを咎《とが》めるひとはいない。

「いいんじゃないのぉ。なんだったら幕間堂で働く?」美晴さんは呑気《のんき》だ。あるいは呑気なふりをしている。

「おまえは黙ってろ」

「伯父《おじ》さん」自由は斜《はす》むかいに座るお父さんをじっと見た。「オヤジ、もうおれらの前に姿、あらわさないと思うんです」

「莫迦《ばか》言うんじゃない」

お父さんが気色《けしき》ばんだ。その表情を見て、世宇子は、お父さんもそう思っているんだとわかった。

「しばらくはここに住まわせてもらいます。でも、働いて金貯まったら、一人暮らしして、福井からおふくろを呼ぼうと思ってます。おふくろ、やっぱ、実家で肩身せまいみたいだし」

「そりゃそうだ。あんだけ親御さんに反対されたのを押し切って結婚したのに、挙げ句がこれじゃあ」

「美晴！」お父さんが憤りのあまりか、椅子《いす》から立ちあがった。

「学兄さんだって、緑義姉さんのご両親のこと、よくは思ってないでしょ」美晴さんは
かまわず言葉をつづけた。「いまだに自由に会おうとしないぐらいだし」

「子供の前でなに言いだすんだ！」

お父さんの怒声で、翔がふたたび泣きべそをかきだした。

「けんかしちゃいやだよぉ。けんかしないでよぉ」

泣きつづける翔をなだめながら、学さん、座ってとお母さんが言った。「自由くん。

その話はあとでゆっくりしましょう。ね」

お父さんが座ると、そのかわりといったように自由が立ち、「でかけてきます」と台
所をでていった。

「待ちなさい、おい」

追おうとするお父さんを、美晴さんが引き止めた。

「そっとしておいてあげなよ」

「おまえが言えた義理か。だいたいおまえが」

「なによ？」

兄妹はにらみあった。

「けんかはよくないよ」袖《そで》で涙をふきながら翔は念を押した。「けんかはよくない」

お母さんが、そうね、翔の言う通りよ、となぐさめた。そして、自由くんの目玉焼きも食べていいわよ、とつけくわえた。


もうすぐ新年だというのに、どうもいまいち冴えなかった。それは世宇子に限ったことではない。家の中、ぜんたいがだ。

まずお父さんと美晴さんの仲が険悪になった。ごくつまらないことですぐふたりは言い争いをした。お母さんが仲裁に入ると、一時はおさまるものの、すぐまたべつのことで喧嘩《けんか》をはじめた。

だがなによりも自由の態度がおかしくなった。

朝食と晩ご飯には食卓につくが、滅多に口をきかない。その他のときはどこかへでかけたり、自分の部屋にこもりっきりだった。冬休みになったら、本格的にトレーニングしてやる、と翔に言っていたはずだが、それもせずにいた。あれだけいやがっていた翔のほうから誘っても、黙って首をふるだけだった。

自由は世宇子とも口をきいてくれなかった。十月に美晴さんが見合いすると言いだしたとき、翔は美晴さんが宇宙人とすりかわったという説をうちたてた。莫迦なことをと相手にしなかったが、いまの自由こそ、宇宙人がすりかわったとしか思えなかった。

がちゃっ。がちゃがちゃ。石油ストーブは点火のスイッチを押しても火が点かない。中で火花が散っているのは見えるが、どういうことだろう。それでも世宇子は根気よく、スイッチを押しつづけた。やがて、ぼっ、と音がした。

暖かくなるまでにまだ時間がかかる。世宇子はストーブの前でごろりと横になって、ヘッドホンを耳にあてた。

「幕間堂いってくるねえ」

美晴さんの声が玄関から聞こえた。だれにむかって言っているかわからないが、一応、世宇子は「はぁい」と答えた。それからストーブと反対側に置いたデンスケの再生ボタンを押した。中身のテープはもちろん自由にもらったものだ。だがいまはサイコーとは思えない。一曲目の半分まで聞いて、停止ボタンをがちゃりと押した。

天井を見上げる。ちょうどこの上に自由がいる。なにをしているのか気にかかる。階段をのぼって、部屋をのぞいてくればすむことだが、それはできない。

五千万の借金を抱えた父と、実家で肩身の狭い思いをしている母。

そんな両親をもち、どうすることもできないジレンマが自由の中にある。だがその痛み、苦しみ、辛《つら》さまではわからない。想像しようにも想像がつかない自由本人の心。

こんなものを、とデンスケを世宇子は横目で見る。ジュウ兄さんと繋《つな》がることができる機械だなんて。莫迦だったな、あたしって。

美晴さんの見合い相手の写真を見て笑っていたのは、ほんの三週間前だ。でもとても昔のことに思える。

自由の笑顔。ほんとの笑顔。あれはもう見られないのかしら。

目の縁から涙がこぼれてきた。だが世宇子は拭《ぬぐ》わず、そのままにしておいた。

「お姉ちゃん、いい？」

台所側の襖《ふすま》のむこうから声がした。翔だ。

「ちょっと待って」半身を起こして、涙を手で拭う。「いいよ」

入ってきた翔は、大きな紙袋をもっていた。なぜかくんくんと鼻をならしている。

「この部屋、なんか臭くない？」

「ストーブの匂《にお》いよ。気にすることないわ。で、なに？」

「お姉ちゃん、いま、うちってさ」翔は世宇子の足元に正座した。紙袋は自分の横に置いた。「ぎくしゃくっていうか、ぎすぎすしてるよね」

「うん。まあ」世宇子は曖昧《あいまい》な返事をした。

「こんなとき、おばあちゃん、いたらよかったなあって思わない？　お父さんや美晴さんが言い争ってもじょうずに仲直りさせただろうし、勉叔父さんだって、どっかいっちゃうことなかったはずだよ」

おばあさんがいても五千万の借金がどうにかなることはないだろう。しかし、弟の言うことには一理あるようにも思えた。おばあさんが生きていれば、お父さんや勉叔父さん、美晴さんの不平や不満に耳を傾けたことだろう。それだけでもずいぶん状況が変わった可能性はある。

「じつはね、『モー』の通信販売のページみてたら、いいのがあったんだよ」

雑誌の名がでた途端に、世宇子はいやな予感がした。

翔は紙袋の中から、銀色のヘルメットをとりだした。

「なに、それ？」

きくのも莫迦莫迦しいと思ったが、きかずにはいられなかった。

「死者とコンタクトをとることができる機械なんだ」

翔はヘルメットとはべつに小冊子もとりだし、世宇子に渡した。そこには〈『霊界通信装置　イタコイラズ』説明書〉とあった。いやな予感的中。

「いくらしたの？」

「千九百八十円」

ヘルメットの銀色は塗ったのではなく、アルミホイルを貼《は》りつけたものだった。五千万の借金がある父親を持つ自由よりも、千九百八十円でこんなものを買ってしまう弟を持つ自分のほうが不憫《ふびん》に思えてきた。

「昨日の夕方届いてさ、トイレで何度か試したんだ。ところが、どうもうまくいかなくて」

「うまくいかないって、それはつまり」

「おばあちゃんとコンタクトがとれないんだ」あたり前である。「不良品だったら、取り替えてもらおうと思ってるんだけどさ、その前に」

翔は世宇子にヘルメットをさしだした。

「なによ」

「お姉ちゃん、試してくんない？」

「だれか他のひとにしてもらってよ」

「いまさっき部屋いって、ジュウ兄ちゃんにはお願いしてみたんだ」

「ジュウ兄さんに？」

「ぜんぜんとりあってくれなかった」

以前の自由ならば、二つ返事でやってくれただろうに。

「お願いだからさ」

学校の成績はけっしてわるくない、頭はそこそこいい弟が、どうしてこんなものに血道をあげるのか、世宇子はよくわからなかった。しかし彼なりに家族のことを考えているのは間違いない。

それに、と世宇子はデンスケを見る。これを自由と繋がる機械だと思っていたあたしだ、弟のことは笑えない。

「どうすればいいの？」

「これをかぶって、おばあちゃんに会いたいって、強く念じるだけでいいんだ」

世宇子は銀色のヘルメットを受け取り、翔の言うとおりにした。自分がいま、どれほど間抜けな格好であるかは想像せずにいた。

「目はつぶって」

「はいはい」

世宇子はおばあさんが倒れたときのことを思いだした。雛人形《ひなにんぎょう》の入った段ボール箱を持ち上げ、だれか灯《あか》りを消した？　と怯《おび》えた声で言ったおばあさんのあの表情。

「どう、お姉ちゃん。見えてきた？」

「なんにも見えてこないわよ。それよりさ、翔、このヘルメット小さくない？　あたし、頭が痛くなってきた」

「ぼくにはぶかぶかだったよ。そいつが原因でコンタクトとれないのかと思ったんだ。でもヘンだなあ」

「なにがヘンなの？」

ヘンと言えば、翔の声がずいぶん遠くのほうから聞こえてくるようだった。

「ぼくも頭が痛くて、なんかこう、気持ち悪い」

「あたしも、ねえ」しかし口が思うように動かなくなっていた。

気づくとそこはとなり町の大丸だった。なぜか世宇子はそう確信した。賑《にぎ》やかなのは今日が日曜日だからだ。これも間違いなかった。

四階の婦人服売り場を世宇子は歩いていた。すると数メートル先に、知っている人たちがたむろしているのが見えた。

「母さん、これにしなよ」

中学生の勉叔父さんがしきりにすすめているのが聞こえてきた。

「ええ、どうかしらぁ」おばあさんが、困惑している。彼女は赤ん坊を抱いていた。美晴さんだと世宇子にはわかった。するとおばあさんは四十前後か。でも三十代前半に見える。

「若い人むけでしょう？」

「平気だって。母さん、じゅうぶん若いって。ねえ、兄さん」

「うん」普段着なのに、学帽をかぶっている高校生のお父さんが、ぎこちなくうなずいた。そのむこうにはおじいさんがいた。現在のお父さんより若そうだ。

みんな幸福そうだった。世宇子にはそれがうらやましく思え、すこしばかり涙がでそうになった。

「ほんと、勉ったら、口がうまいんだから」と言いつつ、おばあさんは満更でもないようだった。

「試着してみたら？」勉叔父さんが手をさしのべた。「美晴、預かっとくからさ」

「おれが」とお父さんが前にでて、赤ん坊の美晴さんを受け取った。

おばあさんはコートを手にして試着室へむかう途中、目頭をおさえている世宇子に気づいた。

「世宇子じゃないの。どう？　そっちはみんな元気？」

おばあさんにそう話しかけられても、世宇子は別段、不思議に思わなかった。そして無理矢理、微笑《ほほえ》み、「うん、どうにか」と答えた。お父さんたちは美晴さんをあやしていて、世宇子には気づかなかった。

自分の姿は、おばあさんにしか見えないのかも。

「ほんとに？」おばあさんの眉間《みけん》にしわが寄った。「わたしを心配させまいとして、無理して笑っているんでしょ」

見破られてしまった。そうだ、我が家は空元気の家系だ。

「ほんとはいろいろたいへん」

「勉のこと？」

「うん、まあ」

「勉はねえ、昔っから調子だけはいいからねえ。それにまだ子供なのよ。四十になってはじめておとなとしての試練を受けてるの。そのうち戻ってくるから安心なさい」

「そのうちっていつ？」

「そのうちはそのうち」

「早く帰ってこないと、ジュウ兄さん、高校退めちゃう」

「自由は自由の思い通りにさせてあげればいいの。高校を退めるのもよし、働きにでるのもよし。自由は勉よりずっとおとなよ。学よりもね」

あたしもそう思う。世宇子は心の中で同意した。

赤ん坊の泣き声がした。美晴さんだ。

「やだわ、あの子たち、美晴を泣かせて」おばあさんがお父さんたちのいるほうへ戻ろうとした。「そうだ、美晴に結婚式にでられなくてごめんねって伝えてね」

「結婚式？　それっていつのこと？」

「そのうちそのうち」

おばあさんは、ふふふ、と笑った。美晴さんと同じ笑い方だった。

「ねえ、おばあさん」

「なあに？」

「ここは死後の世界？」

「違うわよ」おばあさんはきょとんとした表情で言った。「大丸の四階よ」

「目ぇさましたか」自由の顔がわずか十センチ程度の距離にあって、世宇子は驚いた。

「ど、ど」どうしたの、と言いたかったが舌がもつれる。いまいる場所が大丸の四階ではなく、自分の部屋であることだけはわかった。

「だいじょうぶ、お姉ちゃん」

自由の背中から、翔が顔をだした。

「翔もまだ横になってな。もうすぐ那須先生、きてくださるから」

からだがひどくだるかった。頭の芯《しん》がまだ痛くもあり、世宇子はおとなしく横になったままでいた。

那須先生はそれから五分もしないうちにやってきた。世宇子と翔の診察をしている最中に、お母さんが買い物から戻ってきた。

どうしたの、と叫ぶお母さんに、那須先生は「一酸化炭素中毒ですよ」と穏やかに言った。原因は石油ストーブの不完全燃焼だった。

「いやあ、自由くんの応急手当てのおかげで、世宇子ちゃんも軽くすんでよかったよ。

でもまあ、わたしの車でふたりとも知り合いの大学病院へ連れてってあげるから。そこで精密検査してもらおう」

まず世宇子が気を失い、驚いた翔が頭痛とめまいを感じながらも、襖を開け、自由を呼んだんだそうだ。

「応急手当てって」

「人工呼吸」那須先生はこともなげに言った。「やっぱ、あれか。自由くん。登山部にいるとそういうの教わるわけ？」

「ああ、まあ。はい」

自由は困った顔になっていた。

人工呼吸って。

世宇子は自分の唇に指で触れた。そして心臓の鼓動が速くなるのを感じていた。

ふと、壁にかかったコートが視界に入った。

ふふふ。ふふふ。

だれかの笑い声が耳の奥に甦《よみがえ》る。

美晴さんのか、おばあさんのか。

ふふふ。ふふふ。

第7話　これから

世宇子が幕間堂で店番をしていると、珍しい客があらわれた。

「よぉ」とお父さんは山のように積まれた本のあいだを、器用にすり抜けながら、レジに近づいてきた。

世宇子は手にしていた文庫本を閉じて机に置き、「なんか用？」と訊《たず》ねた。

「なんか用はないだろ」お父さんは眉間《みけん》にしわを寄せた。「前を通りかかったら、おまえがいたんで寄ってみただけだ」

「ふうん」とうなずいたが、世宇子は、ほんとうにそうだろうか、と怪しんだ。「あたし、お父さんに用があったんだ」

「おれに？　なんだ？」

「昨日の夜からデンスケの調子が悪いの」

「おまえと同い年だからな。がたもくるさ。修理だすか？　それともなんだったら、ウォークマン、買ってやろうか」

「これで充分」

「うちは財政が苦しいわけじゃないんだぞ。ウォークマンぐらいはな」

「でかくてごっついのがいいの」

お父さんは黙ってしまった。うちのおんな共はまったく、と小声でぼやいてから、

「おまえ、そういうの読むのか」と世宇子が読んでいた本をとんとんと指で叩《たた》いた。

「これ、ここごんじゃないよ。お父さんの本棚にあったヤツだよ」

「でもおれのじゃないな。たぶん美晴んだ」

お父さんは本をぺらぺらとめくり、「やっぱりそうだ」とうなずいた。

「なにがそうなの？」

「こうやって」お父さんは本を開いて、世宇子のほうにむけた。「気にいった台詞《せりふ》とか、うまいと思った文章のあるページの下の角を折り曲げるくせがあるんだ。上じゃなくて下なんだ。親父《おやじ》と同じくせだ」

「親父ってあたしにとってはおじいさんってこと？」

世宇子はそのひとの顔を写真でしか見たことがなかった。

「本が好きなひとで、ここにもしょっちゅうきてた」

「そうだったの」

「知らなかったのか」

うん、と世宇子はうなずいた。我が家にはまだまだ謎《なぞ》が多い。

「おじいさんはここの死んだ主人と同い年で、親友だったんだ」

「はじめてきいた」

「娘がいてな。とうの昔に名古屋へ嫁にいっていないが、お父さんと小・中・高って同じクラスだったんだ」

「そのひとってもしかして、お父さんの初恋のひと？」

ついうっかり口にしてしまった。

この町のほとんどのひとが、お父さんの同期生か先輩か後輩である。以前からその中に初恋のひとがいたりするのでは、と気にはなっていた。

「いや」お父さんはあっさりと否定した。「タイプじゃなかった」

お父さんがタイプなどというので、世宇子は少しばかり驚いた。

「ま、がんばれ。おれはもう帰る」とふたたび本の山をすり抜けていく。もうすぐ出口というところで顔だけを世宇子にむけた。何か言いたげだ。

「どうしたの？」

「あの、デカい男」

「小山田さん？」

「そうそう。彼はどんな人間だ？」

「どんなって、ふつうだよ」

「ふつうって、おまえ」お父さんは不満そうだ。「ほかにもっとなんかないのか」

「小山田さんのことだったら、翔のほうが詳しいよ。いつも遊んでもらっているし」

従兄《いとこ》の自由が家をでてから、翔は幕間堂へくる頻度が増え、自然と小山田さんとなかよくなっていった。しかしいま翔はいない。土曜日のこの時間は塾だ。

「もうきいた」

「そうなの？　なんて答えてた？」

「デカいけどふつう」

そう言うお父さんの顔を見て、これが苦虫をかみつぶしたような顔というヤツだな、と世宇子は思った。でも苦虫ってどんな虫だろ。

「美晴さんにききなよ。美晴さんがいちばんよく知っているはずだよ。いちばんつきあい長いわけだし」

「それができれば、おまえ」

「あっ」

「なんだ？」

「本人」

「こんにちは」と小山田さんが足でガラス戸を開け、入ってきた。両手に段ボール箱を三箱抱えている。

お父さんは顔をそちらへむけ、「お、あ、お」とあとずさりした。そして積んである本にけつまずき、その場に倒れた。と同時に積み上げられた本のなだれがおこり、お父さんは埋もれてしまった。

世宇子がそこまで話すと自由は声をあげて笑った。

ワイシャツに、紺色のスーツ、それに紺色のネクタイ。こういう姿になれば、だれだって大人びて見えるものと思っていたが、自由は違った。家にいたときよりも子供っぽい。スーツが大きめなせいだけではないと思う。さらに世宇子にとって違和感があるのは、自由が銀縁の眼鏡《めがね》をかけていることだ。

だがいま、声をあげて笑った自由は昔の彼だ。

ただ場所が悪い。ジャズだかなんだかが流れる、半地下のうすぐらい喫茶店では、客はみんなひとりぼっちで、本か新聞を読んでいた。ふたりでいるのは自由と世宇子だけだ。客の数人がふたりをにらんでいた。

「笑い事じゃなかったんだから」世宇子はことさら、声をひそめて言った。「そのあと、たいへんだったんだよ」

「どうたいへんだった？」

「あばら骨が折れた」

「え？」レンズの奥にある目が見開かれた。

「ってお父さんが主張するのよ。小山田さんが起こしてくれたんだけど、そのあと胸をおさえて大騒ぎ。この痛みは一本じゃない、二本だなんて言うの。なだれをおこした本の中に広辞苑が三冊あって、お父さんを直撃していたから、あり得るかもって、あたし心配になって」

「で、どうしたの？」

「小山田さんが奥の部屋に運んでくれて、そのあと那須先生を呼んだの」

「あのひと内科じゃんか」

「だってお父さんがあんまり痛い痛いって騒ぐから、あたしが電話したの。那須先生もひとがいいわ。十分もしないうちに飛んできたのよ。でも先生、ハッピ着てたのよ」

「ハッピって、あのお祭りのとき着るヤツ？」

ほかにどんなハッピがあるのよ。美晴さんであればそう言うだろう。しかし世宇子は静かにうなずいた。

「姫の町は今時分、お祭りやってるのかい？」

姫だなんて。もうすぐ中二なのにまだ子供扱いだ。

昔はそう呼ばれることがうれしくもあったが、いまは気恥ずかしさがさきにたつ。こんなひと前で言われてはなおさらだ。

「お祭りは夏だけ。那須先生は阿波踊《あわおど》りの会に入ってるのよ。あたしの電話をとった奥さんが、市民ホールの稽古場《けいこば》で阿波踊りの練習をしている那須先生へ連絡してくれたってわけ。診察の道具は奥さんがもってきてくれたわ」

しかし那須先生は道具を使わなかった。大きくて豪華な仏壇の脇《わき》であおむけになっているお父さんの胸を三ケ所、ぽんぽんぽん、と叩いただけだった。

「折れてないからだいじょうぶ、少し安静にしていれば痛みはすぐひくって言われても、お父さん納得しなくてさ。那須先生の頭、ひっぱたいて、早くおまえんとこ運んで、レントゲンでもなんでも撮れなんて無茶いいだす始末よ」

「肋骨《ろっこつ》折ったら、ひとをひっぱたいたりできないんじゃないの？」

世宇子はうなずいた。

「でも結局、小山田さんが運転する幕間堂の軽トラで、那須医院に運ばれていったの。あたしはそのあと引きつづき店番してたけど」

「薄情だな、姫は。父親が怪我《けが》して病院へ運ばれたっていうのに」

「だってぇ」と言ったとき、世宇子は語尾を伸ばした甘えた口調になっている自分に驚いた。そんな自分自身が信じられず、思わず顔を赤らめた。自由はそれに気づかないようだ。

「結果は？」

世宇子はひとつ咳払《せきばら》いしてから、「一時間後に家へ帰ったら、縁側で翔に将棋教えてた」と答えた。

「翔が将棋？　なんでだ？」

「あいつ、『モー』買わなくなったんで、暇なのよ」

翔は定期購読していた『モー』を今年に入ってから買わなくなっていた。それどころか、買いためていたバックナンバーすべてを廃品回収にだしてしまった。

『霊界通信装置　イタコイラズ』の実験後、翔はひどく動揺した。『イタコイラズ』と一酸化炭素中毒にはなんの関連性もない。ただの偶然だ。しかし翔は自分が姉を殺しかけたとまで思いつめ、『モー』を信じていた自らを責め、ついにはすべて捨ててしまった。

お母さんは大喜びした。もともと息子のそういう趣味を快く思っていなかったのだ。

そこまでする必要はないのに、と世宇子が言うと、もういいんだと弟は微笑《ほほえ》んだ。母親似の優しい表情だった。

「『モー』だけじゃないの。超常現象のたぐいのことはぜんぶやめちゃったわ」

それでも翔が玄関先や庭で、夜空を見上げている姿をときどき見かけた。あれは未確認飛行物体をさがしていたのかもしれない。

「なるほどね」

自由は眼鏡の鼻にかかっている部分を、人さし指でくいっと持ちあげた。ひどく気障《きざ》に見え、世宇子はいやだった。自由の視力は左右とも二・〇のはずである。眼鏡店の店員が眼鏡かけていないのは不自然だろ、と説明されたが、悪くもないのに眼鏡をかけているほうが世宇子には不自然に思えた。

「宇美子伯母《おば》さんは？」

「お母さんはお母さんだよ」

「なんだよ、それ」自由は、くく、と小さな声で笑った。これもまた昔の彼だ。

自由は今年の頭に世宇子の家をでていった。同じ頃、高校も退《や》めてしまった。いまは世宇子の住む町から電車で一時間かかるこの町の眼鏡店で働いている。そしてその職場に遠くないアパートでひとり暮らしをしていた。

すべて決めてきてから、自由は世宇子の両親に家をでる旨を伝えた。ふたりともなんとか引き止めようとしたが、自由の意志は固かった。福井の実家にいるお母さんには承諾を得ている周到ぶりで、世宇子の両親はしぶしぶ認めざるを得なかった。お母さんは勉叔父《おじ》さんから預かった五十万円を自由に渡した。

どうして眼鏡店なの、と世宇子は訊ねた。高校中退で正社員で雇ってくれて、そこそこ給料がよかったのはここだけだったんだ、と自由は淡々と答えた。

世宇子が自由の勤め先を訪ねたのは今日がはじめてだ。前々から訪ねようと考えていたものの、ふんぎりがつかずにいた。今日、ついに覚悟を決め、気が変わらないうちに、と慌ててきたので、あらかじめ連絡する暇はなかった。眼鏡店のある町は世宇子の住む町と同じ沿線なので、そう遠くはないと思ったが、意外と時間がかかってしまった。学校をでたのは十一時前で、着いたのは十二時半だ。いきなり店にあらわれた世宇子に、自由は戸惑いつつも、あと二十分で昼休みだと小声で告げた。牛丼《ぎゅうどん》をおごってもらって、そしてこの喫茶店にきた。

「美晴さんは？」

「それが今日いちばんのビッグニュース」

「結婚するとか？」

「まさか」と世宇子は否定してから言った。「OLになったの」

「OL？　美晴さんが？　どこで？」

「新橋で。毎朝、七時に起きて七時半には家をでてるんだよ、あのひと。信じられる？」

自由は腕を組んだ。「信じられない」

「でしょ。夕食のときにその日なにしてきたかって話もするんだけどね。電話とったり、書類のコピーしたり、みんなにお茶いれたりしてるんだって」

「ふつうじゃん」

「ふつうでしょ」

「美晴さんがふつうのことできるとは思えないなあ」

「できたのよ。自分でも驚いているみたい。昨日なんか、電話の応対のしかたを実演してもらっちゃった。入社してまだ二週間経ってないのよ。なのにけっこう堂に入っててね。『はい、さようでございます。課長はいま席をはずしております。御用件があればうけたまわりますが』」

世宇子は美晴の真似《まね》をした。自由には大受けだった。しかし店のひとがきて、「少し静かにして頂けませんか」と叱《しか》られてしまった。

「だけどさ。美晴さん、なんでふつうのOLなんてやろうと思ったんだ？」

「ジュウ兄さんの影響よ」

「おれの？」

「高校退めてまで働きだしたひとがいたら、そりゃ、美晴さんだって思うとこあったんじゃないかな。ジュウ兄さんがうちをでて、すぐの頃に、美晴さん、自分からお父さんにどっか働き口ないかなってきいてたもん」

「おれが働きだしたのはそれなりの理由があってのことだぜ」

「美晴さんの場合、お母さんの見合い攻勢がさらに激しくなったからかもね」

「でもよりによって新橋のOLとは」

自由は感慨深げに言った。それから背広のポケットからハンカチをだすと、眼鏡をとってレンズをふきだした。これもまたひどく気障に見えた。

「おばあさんの一周忌、もうすぐだろ。お寺でやるの、それとも家？」

「たぶん家じゃないのかな」

「おれ、いくからね。うちの親父はもちろん、おふくろも福井からでてこられないし。伯父《おじ》さんに言っといてくれよ」

「うん」

「美晴さんは平気かな」

「なにが？」

「葬式んときみたいに逃げたりしないだろうなってこと」

「あ、ああ」

あのとき美晴さんが奈良と京都へいっていたことは自由も知っている。だがその理由は知らないのだろう。

世宇子は美晴さんが、母さん、母さんと泣いた夜のことを思いだす。

「姫は？」自由の声で世宇子は我にかえった。

「うん。ああ、あたしはもちろんでるよ」

「違うよ。一周忌のことじゃなくて。おれがでてってから、なんかかわったことあった？」

「とくにこれといってないよ」

「太ったな」

これにはさすがの世宇子もムッとした。デリカシーがなさすぎる。ひどいよ。眼鏡をかけた自由を軽くにらんだ。

「姫はぽっちゃりしていたほうがかわいいよ」

「え？」

「もうこんな時間か」

そのときになってはじめて自由が腕時計をしていることに、世宇子は気づいた。銀色の大きくてごついヤツだ。眼鏡同様、自由には似合っていない。

「あと五分で休憩おしまいだ。店、戻んなきゃ」自由は立ち上がり、スーツの上着を着た。「姫さ、つぎくるときは電話くれよ」

「あたし、ジュウ兄さんの電話番号しらないもん」

「そうか」と言って、座り直した自由は胸ポケットから小さな紙をだした。名刺だ。

「なんか書くものあったかな」

世宇子は鞄《かばん》から、ボールペンをだして自由に渡した。

「ピンクだけど」

「かまわないよ」自由は名刺の裏に数字を書きだした。電話番号に違いない。「じゃ、これ」

世宇子が人生ではじめてもらう名刺だった。

「またゆっくりな。あと、これ」自由はスーツのポケットからカセットテープをだしてテーブルに置いた。「最近、聞いてるヤツ。食事でる前、ウォークマンからだしてきたんだ。やるよ」

「サイコー？」

「ああ、サイコーさ」


「ちゃららららぁあん」

夕食後、美晴さんが部屋に入ってきた。世宇子からみれば乱入といっていい。自由からもらったテープを聞いている最中だった。不満に思いつつ、美晴さんを見あげた。上機嫌な彼女は見なれない服を着ていた。

「それもしかして会社の？」デンスケを止め、ヘッドホンを外して訊ねた。

「制服でぇす」美晴さんはくるりとまわった。「どう？」

「ヘンな色」世宇子は率直な感想を述べた。緑と茶色をあわせたような色だ。ヘンとしか言いようがない。

「たしかにねえ」美晴さんは素直に認めた。「でもこの襟《えり》なんかかわいいでしょ。角が丸まってて」

「カタチはいいと思うよ。あとさ。スカート短くない？」

膝小僧《ひざこぞう》が見えている。美晴さんは寝っころがっている世宇子をまたいで、学習机の椅《い》子《す》に腰をおろした。

「短くしたの」

「自分で？」

「そう。だってほら、せっかくの」と美晴さんは足を組んだ。「長くてきれいな足を隠しておくの、もったいないでしょ」

低い位置からだと太股《ふともも》の裏側まで見える。いけないものを見てしまった気がして、世宇子はからだを起こした。

「そういう勝手なことして、叱られたりしないの？」

「叱られた」

やっぱり。

「経理のオバサンに大目玉くらった。でも庶務の部長さんが、いいじゃないかって言ってくれて丸くおさまった」

ほんとうに丸くおさまったのだろうか。疑問だ。

「会社っておもしろいとこね。学校は同い年くらいの人間ばっかでつまんなかったけど、会社はいろんな年のいろんなひとがいて、おもしろいよ。難点は朝早くいかなくちゃいけないってことだな。それと毎日いかないといけないのもほんとは嫌」

「世の中の大半のひとは我慢してそうしてるのよ」

「我慢することないのにねえ」美晴さんはいつの間にか禁煙パイポをくわえていた。

「自由、元気だった？」

いきなり訊ねられ、世宇子は返す言葉が見つからなかった。そもそも今日、自由を訪ねたことは家のだれにも言っていない。

今日は期末テストの最終日で、試験が終わったそのあと自由のもとへむかった。帰りは四時前だったが、お母さんには「幕間堂に寄ってた」と言うと別段なにもきかれなかった。

「自由に会いにいったんじゃないの？」

「どうしてそのこと知ってるの？」

「知ってるもなにも」美晴さんは机の上の紙切れを手にした。「自由の名刺がここにある」

しまった、だしっぱなしだった。

夕食の前に、机で自由の名刺をながめつつ、うすぐらい喫茶店で交わした会話を頭の中で反芻《はんすう》していたのである。たぶん、そのときのあたしはにやにや笑っていたに違いない、と世宇子は恥ずかしくなった。

「今日、いってきたんでしょ。あんた、期末の最終日だから午後丸空きだったろうし」

鋭い。だてにあたしの叔母《おば》さんを十三年間やっていたわけではないな。

「で、どうだった？　元気だった？」

「ここにいるときと、そうかわらなかった」

「ってことは空元気か」

空元気。そう、この家のひとびとが得意とすることだ。ひとに心配させまいと、元気なふりをしてしまう。自分もそうだ、と世宇子は思う。そういう家系だ。

「それから？」

「スーツ着て、ネクタイして、眼鏡かけてた」

「自由が眼鏡？　そいつは似合わないねえ」ジュウ兄さんも美晴さんには言われたくないだろう。「あとは？」

「おばあさんの一周忌でるって」

美晴さんの頬《ほお》がひきつったのを、世宇子は見逃さなかった。

「まださきの話よ」

「もう一ヶ月切ってるよ。美晴さんがでるかどうか心配してた」

「生意気だね、あいつは。自由ってさ、ときどき父さん思いだすよ」

「父さんって、おじいさんのこと？」

「がんこできびしいひとだった。昔の父親なんてみんな、そうっちゃそうさ。あたしは末っ子でおんなだったから、甘やかされたほうだとは思うの。でも礼儀がなってないって、よく叱られたもんだよ」

「お父さんもよくあたしのこと、叱るよ」

美晴さんは莫迦《ばか》にしたような笑みを浮かべ、「学兄さんなんか甘い甘い」と言った。

「竹の物差しでお尻、ひっぱたいたりしないでしょ」

想像するだに痛い話だ。世宇子は顔をしかめた。「そんなひどいことするはずないじゃん」

「あたしはやられたよ。学兄さんなんか、木刀で叩かれたせいで、お尻が腫《は》れちゃってさ。二、三日、座れなくなってね。学校じゃあ立って授業受けて、家でも立ってご飯食べてたもん。寝るときはうつぶせ」

はじめてきく話だった。

「理不尽に怒ることはないんだよ。言ってることはすべて理に適《かな》っているんだ。だから叱られても反論のしようがない。自分自身にもきびしいひとだったからなあ。そのへんが自由にそっくりなんだよね。隔世遺伝っていうんだね、ああいうの」

そのときになって美晴さんは名刺の裏に気づいた。

「なに、この数字。もしかして自由のアパートの電話番号？」

「う、うん」

「ピンクで書いてあるなんて意味深でエッチっぽいね」

「書くものなくて、あたしがペン貸したの」

なんだか言い訳めいた口調になる。

「あら、そう」

美晴さんは軽くいなしてから、「いいなあ、名刺」とうらやましがった。「あたしも名刺ほしいなあ。内勤だから名刺はいらないとか言われちゃってさぁ。でもやっぱ」

美晴さんは立ち上がると、背筋をぴんとして、自由の名刺の両端を持ってさしだし、「あたくし、こういうものです」とお辞儀をした。「なんてことやりたいよねえ。営業に希望だしてみようかなあ」

「営業ってどんな仕事するの？」

美晴さんは世宇子のとなりに正座すると、「まあまあ、社長」と、お酒を注《つ》ぐ真似をした。「とりあえず一杯、どうぞ。いや、まったく、ご苦労様です。今日は仕事の話は抜きにして、ぱぁっとやりましょ。ぱぁっと」

突然はじまった美晴さんの独り芝居に、世宇子はまごつくばかりだった。

「な、なに？」

「接待よ、接待。赤坂の料亭とか銀座のバーで、取引先の社長とお酒を呑《の》むの。これが営業の仕事」

「だっていま仕事の話は抜きにしてって言ったよ、美晴さん」

「仕事の話をせずに仕事をこなすの」

むろん、中一の世宇子にだって営業のなんたるかはわからない。しかし美晴さんが誤解しているのはわかった。

「お父さんも会社で営業のはずだけど、赤坂の料亭とか銀座のバーはいってないと思うよ」

「それはまだ学兄さんが下っ端だからよ」

小さい頃は父親に座れなくなるほどお尻を叩かれ、四十過ぎたいまは妹に下っ端扱いされるお父さんがかわいそうになった。

「お父さんは下っ端なんかじゃないよ。こないだ課長になって」と世宇子が擁護をはじめたときである。

「おぉぉい、だれかいないかぁ」

お父さんの雄叫《おたけ》びが聞こえてきた。

お父さんは玄関の戸に挟まっていた。いや、そう見えるだけだ。

「なにやってるんです」とあきれながらも、お母さんは三和土《たたき》に降りると引き戸に手をかけた。けっこうな力をこめて開けようとしていたが、無理だった。

建具屋になおしてもらったにもかかわらず、この戸は二十センチほどしか開かない場合がままあった。いまがそうだ。お父さんはその隙間《すきま》から無理矢理、入ろうとしていた。

「ちょっと前までは、これぐらい抜けられたんだぞ、おれ」

「翔、手伝って」お母さんに言われて、翔も三和土へ降りた。

お父さんは酔っぱらっていた。かなりの上機嫌だ。そして美晴さんを見つけると、

「なんだ、その格好は」と目を丸くした。

「会社の制服」美晴さんは端的に答える。

「スカートの丈、そんなに短いのか？」

そっちに驚いたのか。

「おか、お母さん」翔の声がわずかに震えていた。「むこうにだれかいる」

引き戸は曇りガラスで、ひとのかたちが透けて見えた。お母さんをはじめ、世宇子も美晴さんもいっせいに息をのんだ。

「莫迦。なにを驚いている。お客様だぞ、お客様」

「ぼく、これで今日は失礼させていただきます」

聞き覚えのある声が外から聞こえた。

「小山田くん？」美晴さんが呼んだ。

「はい」お父さんの頭上に小山田さんの顔があらわれた。玄関の灯《あか》りがあたらない少し離れた位置にいて、闇《やみ》にぼんやり浮かんでいる。まるで『モー』の誌面を飾る心霊写真のようだ。「だいぶ酔ってらしたんで、なにかあったら大変だと思ってお送りしました」

なにかあったら大変。

以前にだれかがそう言っていた。でもだれだろう。世宇子は考えた。自分が言われたんじゃない。どんなときに、だれが言ったのを聞いたのかしら。

「いいから入りたまえ、小山田くん」

「夜分にご迷惑でしょうし」

「莫迦言うな。まだ宵の口だ」

「もう九時すぎですよ、学さん」お母さんの口調はきつかった。いつもはここでお父さんは首をすくめ、観念する。しかし今日は違った。

「まだ九時か。小山田くん。あと一時間か二時間は平気だろ。よかったら今日、泊まっていきなさい。積もる話は山ほどある。もっとマガンの話もききたい」

「なに、マガンって」と翔が訊ねた。

追伸　マガンおらず。

「小山田くんはな、大学で渡り鳥の研究をしているそうだ。渡り鳥といってもマイトガイのことじゃないぞ」そこでお父さんはひとりで笑った。なにがおかしいのか世宇子はわからなかった。ほかの家族も同じようだった。「マガンというのは渡り鳥だ。春になるとカムチャツカ半島から秋田の八郎潟まで飛んでくるそうだ。その生態を調べているんだよな。そうだよな、小山田くん」

八郎潟は美晴さんが去年の九月、旅行にいったところだ。そうだ、と世宇子は思いだす。カムチャツカ半島へいくつもりが、金銭的に余裕がないので八郎潟にしたはずだ。

「ごめんなさいね、迷惑かけちゃって」とお母さんがお父さん越しに謝っている。

「おれが呑みに誘ったんだ」

お父さんは身をよじり、引き戸の隙間をすり抜けてしまった。そしてふりむくと、

「小山田くんも、ほら」と手招きした。

「いや、ぼくはほんとに」

小山田さんは少し前に寄ってきていた。玄関の灯りが彼を照らし、顔がはっきりとした。ほんのり赤くなっている。

「そっか。きみは体格がいいからな。これじゃ入れんもんな」

お父さんは着ていた薄手のコートと背広を重ねて脱ぐと、ワイシャツの袖《そで》をめくりあげ、引き戸に手をかけた。

「ほんといいですから。ぼく、帰ります」

「遠慮するなって。これはな、コツがあるんだ、こういったん反対方向に押してだな」

ぴしゃん、と戸が閉まった。

「で、つぎにこっちへ引く、と」

しかしお父さんがどれほど力をこめても、戸はかたかたと震えるだけで、開かなかった。お母さんはあきれ顔で、翔はあくびをしていた。美晴さんは無表情だ。

「あれれ。開かないぞ」

「明日、ぼく、早いんで。どうも今日はごちそうさまでした」

曇りガラスのむこうを、小山田さんが遠ざかっていくのがわかった。気づくと美晴さんが上がり框《かまち》から降りていた。

「兄さん、そこどいて」

「ん、ん、なんだ」

美晴さんはつっかけサンダルを履いて、その爪先《つまさき》で、がんがんがん、と引き戸の下を蹴《け》っ飛ばした。

「お、おまえ、無茶すんな。壊れちまう」

がん。がん。がん。

お父さんがとめても美晴さんは容赦しなかった。

不意に世宇子は、クリスマスイブの夜、布団の中で美晴さんと交わした会話を思いだした。

あんた、ほんと好きな男の子いないの？

あたしはいるよ。

いまも彼にここまで送ってもらったんだ。

いいって断ったのにさ。

なにかあったら大変とか言うんだあ。

「美晴さん！」世宇子は自分でも気がつかないうちに、声をあげていた。「好きなんだよね、小山田さんのことっ」

叔母の動きがとまった。ふりむき、世宇子を見る。凜《りん》としたその顔は美しく、神々しくもあった。

美晴さんは力強くうなずいた。「好きよ。文句ある？」

「あたしの部屋の窓からでたほうが早いよ」

美晴さんはサンダルのままで玄関から家に上がり、廊下を走っていった。残された親子四人は、そのうしろ姿をぼんやりと見守るよりほかなかった。

「おまえの部屋の窓からじゃなくて、雨戸開けて縁側からでてったほうが近いだろ」

お父さんが言った。いまさらだよ。

「なんで小山田さんと呑んでたの？」

お母さんがお父さんに訊ねた。

「こないだ救ってもらったお礼もかねて、呑みに誘ったんだ。彼、なかなかの好青年でな。せっかくなんで美晴をそれとなくすすめたんだ。ところが、ぼくなんか美晴さんの相手はつとまりませんって、断るんだよ。だけど美晴のほうは」

お父さんは首をひねった。そして世宇子のほうを見た。

「おまえ、知ってたのか。あのふたりのこと」知っていたわけではない。でもどう答えていいかわからなかった。「いつからだ？　いったいいつふたりはその」

「これからよ」お母さんだった。

「これから？」とお父さんがくり返した。

「まだふたりはそれに気づいていないの。デートぐらいしたかもしれないけど、まだほんとうにお互いが好きだって、はっきりとわかっていなかったの。だけど、いまさっき、世宇子に言われて美晴さんは気づいたのよ」話しつづけるお母さんの頰は紅潮していた。美晴さんの気持ちがうつったかのようだった。「そのことを教えるために小山田さんを追いかけていったのよ。だから、これから」

「ね？」翔が得意げな顔で家族みんなを見まわした。「ぼくが言った通りでしょ」

部屋の畳にサンダルの跡が残っていた。窓は開けっ放しだ。

冷たい風が吹き込んできていたが、世宇子はすぐに閉めなかった。窓枠に両手をついて夜空を仰ぐと、ジグザグに飛ぶ光る物体が目に入った。翔を呼ぼうかと思ったがやめておいた。そして静かに窓を閉めカーテンをひいた。

その夜、美晴さんは家に戻ってこなかった。

最終話　控え室のふたり、ときどき三人

「世宇子も高校生かぁ。早いなあ」美晴さんが鏡にむかって、感慨深げに言った。「あたしも三十になるわけだ」

三畳ない狭い部屋で世宇子と美晴さんはふたりきりだった。店の人に、控え室です、と案内されたが、入り口のドアには『備品室』というプレートが貼《は》ってあった。ただし部屋には備品らしきものはなかった。どこかに片付けたのかもしれない。

世宇子は美晴さんのうしろで、壁を背にして椅子《いす》に座っていた。姿見が三枚、美晴さんを囲むように並んでいた。真ん中の一枚に世宇子と美晴さんがうつっている。

ウェディングドレスの美晴さんはとても三十には見えない。ふだんでも若く見えるが、いまは二十二、三といっても通じる。しかしそれを世宇子は口にしなかった。もし言ったら、あたしにお世辞言うなんてあんたらしくない、と叱《しか》られるに決まっているからだ。生まれてから十五年間、ずっとこのひととつきあっていたのだから、おおかたの予想はつく。

「三中の卒業式、先週の月曜だったんだよね」

「うん。そうだけど」

「だれかの第二ボタン、もらった？」

「もらうわけないじゃん」

「もう決まった相手がいるからいいのか」

「いないよ、そんなの」

「いないよ、そんなの」と美晴さんは世宇子の真似《まね》をした。「あたしがあんたぐらいのときにはカレシ三人いたわよ」それはそれで問題があるだろう。

「いのち短し、恋せよ少女《おとめ》、よ。好きな男の子ぐらいいるでしょう？」

「だからいないって」

「あたしはいるよ」

あたり前の告白を、そう力んで言う必要はない。

「知ってるわよ。そのひとこれから結婚するんでしょ」

「御名答」うふふ、と鏡の中の美晴さんが口元を綻《ほころ》ばせた。その表情のまま、「小山田美晴、小山田美晴、小山田美晴」とまじないのように三度くり返した。「どう？」

なにがどうなのか、世宇子にはわからなかった。

「いい名前」

そういうことか。小山田さんと美晴さんはまだいっしょに暮らしていない。今朝《けさ》まで美晴さんは世宇子の家にいた。だがもう一週間前に籍を入れている。

「うちの名字ってありきたりでしょ。だからこういう三文字の名字ってあこがれてたんだ、あたし。伊集院《いじゅういん》とか徳大寺《とくだいじ》には及ばないにしろなかなかいいでしょ。小山田」

ならもっと早く結婚すればよかったのに。

知り合って三年、つきあいだして二年で、美晴さんと小山田さんは今日の佳《よ》き日をむかえた。

「世宇子も早く、名字変えちゃえば？」

「あたしはこの名字、気に入ってるもの」

「じゃあ、それでずっといなさい。そのうち翔のほうがさきに結婚して、家ん中でその嫁に煙たがられたりすればいいわ」

いやな言い方をする。

「そうなったらさっさと家をでて一人暮らしするもん」

「できるの、あんた？　一人暮らし？」

予想していなかった美晴さんの切り返しに世宇子は焦った。

「そりゃあ、まあ」

「あたしは無理だな。だってさびしいもん」

子供のようなことを言うと、美晴さんはため息をついた。

「なんか落ち着かないなあ。やっぱ緊張してるのかなあ、あたし」

そのときノックの音がした。

「美晴さぁん」お母さんだった。「失礼するわよ」

「はい、どうぞぉ」美晴さんが返事をすると、ドアがひらいた。

「まあ、まあ、まあ」入ってくるなりお母さんは興奮気味にそうくり返した。

「素敵よ、美晴さん」

「もとがいいんで」美晴さんが謙遜《けんそん》するはずがなかった。

「あたしも太田さんとこでつくってもらえばよかったわ」

ドレスのことだけを言われているとわかった美晴さんは、世宇子を見て苦い顔をした。

「なにか用？」世宇子はお母さんに訊《たず》ねた。

「用なんかないわよ。美晴さんのドレス見にきただけ。ほんと素敵、このドレス。だけどこれで」とお母さんはあからさまに金額を口にした。

世宇子ははじめてきいた。あたしの貯金の倍だ。

「安いわよねえ」

安いのか、その額は。

「レンタルもいい値段だったのよ。だからつくることにしたの」美晴さんが言った。

「けっこう無理きいてもらったし」

「太田さん、たいへんだったみたいよ。もともと薄かった毛が一本もなくなるぐらい」

「あれはあたしのドレスのせいじゃないわ」美晴さんが形のいい眉《まゆ》をあげた。「娘が家出してその心労よ」

だがその言葉をお母さんは聞かず、「世宇子」と鏡にうつっていた世宇子から、実像の世宇子に視線をうつした。

「あなたも太田さんでつくってもらったら?」

「世宇子のをつくるとなると、もっとお金かかるわよ、義姉《ねえ》さん」美晴さんがいらぬことを言う。「この子、ふだんはおとなぶってシックな服を着たがるけど、ほんとは違うから」

「そうだったの? 今日の服は御不満?」とお母さんは心配半分冷やかし半分といった口調だ。

はじめ、この式には三中のセーラー服で出席するつもりだった。冠婚葬祭は学校の制服でいいだろ、とお父さんに言われ、そういうものかな、と世宇子自身、納得していた。でも美晴さんが反対した。

それでは世宇子がかわいそう。着たいものを着せてあげるべきよ。

「不満なはずないじゃん。あたし、これ着たくて着てるんだし」

いま、世宇子が着ているのはお母さんが買ってくれたワンピースだ。ほんとはお母さんの、あの若草色のがよかったが、夏服なのであきらめた。世宇子は鏡の中の美晴さんをにらんだ。純白の衣装を身にまとった叔母《おば》は、それには似つかわしくない笑みを浮かべていた。

「こっちには動かぬ証拠があるのよ」

「あ、あれは魔がさしたのよ」

世宇子は自分の顔が見る見る赤くなっていくのがわかった。

美晴さんが式場選びをしたのは昨年の秋から年末にかけてのことだった。

その時期、世宇子は受験勉強の追い込み中だった。だが美晴さんは世宇子の部屋に、結婚式場のカタログを持ち込んできた。酔っている場合もあって始末に負えなかった。見るに見かねてお父さんが注意した。

それでも美晴さんはおかまいなしだった。

小山田さんと相談すればいいじゃん、と言えば、彼ともしているが、こういうのって第三者の目が必要なのよ、と言う。

世宇子にとってまるで迷惑だったわけでもない。受験勉強の息抜きになったのはたしかだし、他人のとはいえ、結婚式について考えるのは、それはそれで楽しいものだった。

では美晴さんがほんとうに相談しにきたのかといえば違った。カタログを一通り見て、さまざまなイチャモンをつけた。

キリスト教徒じゃないのに、なんでチャペルで誓いをせにゃならんのさ。イギリス王室を意識したロイヤルウェディング？　はん！　意識するな、イギリス王室なぞ。聖歌隊？　弦楽四重奏？　どこの国の話？　ご覧よ世宇子、外国人牧師を御用意しますだって。御用意って！　場内中央、天井より新郎新婦はゴンドラに乗って登場することができます。ゴンドラって！

酔っていなくてもこれぐらいはまくしたてた。

そのうち美晴さんは小山田さんと式場の見学にでかけるようになった。そして帰ってきてから世宇子の部屋にきては文句を並べたてる。だんだん息抜きどころではなくなってきた。

「で、美晴さんはどんな式にしたいの？」

クリスマスも終わった年の暮、世宇子は我慢しきれず、声を荒らげて言ってしまった。するど美晴さんは神妙な面持ちで考えたのち、こう答えた。

「挙式はいやだなあ。あんなの式する人間の自己満足だし。披露宴だけでいいかな。あと、食事がうまいとこがいいかなあ。いままで結婚式にでて料理がうまいと思ったことないんだよねえ」

「いっそのこと、どっかおいしいレストランを借り切ってすれば？」

世宇子が提案すると、美晴さんは、「あんた頭いいわね」と深くうなずいた。「そんだけ頭よければ受験勉強なんかしなくても、高校受かるわよ」

「それとこれとは関係ないわ」

「ついでにドレスの相談をさせてよ。明日つきあって」

「つきあってって、どこいくの？」

「ウェディングドレスを貸してくれるって店があるらしいのよ」

「へえ」世の中なんでもあるものだと、世宇子は妙な感心をした。

「えーと、どれだっけかな」

美晴さんは結婚式場のカタログの束から、一枚の紙をひっぱりだした。そこには白いウェディングドレス姿の金髪美人が、俯《うつむ》き加減で微笑《ほほえ》んでいた。

「これこれ。『幸せな貴女《あなた》をより幸せにする』だとさ。ま、それはいいとして。『当店では二千着のウェディングドレスを御用意させていただいています。貴女に気に入って頂けるドレスが必ずございます。ぜひ一度、御来店のほどを』」

つぎの日、その店の前まできて世宇子は驚いた。カメラを首からさげた従兄《いとこ》の自由が立っていた。美晴さんが呼んだのはわかる。でもどうして？

「ごめんごめん。待たせた？」

「少しだけ」と答えた自由は眼鏡《めがね》をかけ直した。

世宇子の家に住んでいた頃の彼ではない。もうジュウ兄さんなんて気軽に呼べない雰囲気を醸しだしていた。

そう言う美晴さんのあとを世宇子と自由はついていった。

「姫、ひさしぶり」と自由は微笑んだ。おばあさんの三回忌以来だから九ヶ月ぶりだ。

「ささ、中入ろ」

「勉強、順調？」

「うん、まあ」と世宇子は小さくうなずくだけだった。

そしてさきを急ぐ美晴さんをつかまえ、「なんで？」と小声で訊ねた。

「小山田くん、紅白のうちあわせにいってるのよ。だからこられないの」

世宇子の疑問に対する答えではなかった。

小山田さんは日本野鳥の会のメンバーだ。そして大晦日《おおみそか》、エヌ・エッチ・ケーの紅白で、会場の票数を数えることは知っている。

「そうじゃなくて、どうして、ジュ、自由兄さんが」

「写真撮ってもらうのよ。ほら、あの子、一眼レフのいいカメラもってるからさ。勉兄さんの形見の」

形見だなんて縁起でもないことを言う。叔父《おじ》さんは、二年前、多額の借金を抱え、行方をくらましたままだ。

教室ほどの広さの場所に、ウェディングドレスがずらりと並んでいた。これだけあれば一着はお気に入りが見つかりそうだ。

美晴さんはまず世宇子に選ばせた。

「これなんかどう？」

まずはスカートの裾《すそ》がレースのロングトレーンのドレスを選んであげた。

「あんた、こんなお姫様チックのが趣味だったの？　ガキねえ」

「美晴さんに似合うと思って」

十五歳の世宇子は子供扱いされるのが、いちばん癪《しゃく》に障った。憤りつつ、くやしいので、「じゃあ、これ」とべつのを取りだした。胸元がビーズとスパンコールで背中は放射線状の紐《ひも》の、少し肌があらわになるドレスだった。

「ピンとこない」美晴さんは冷淡に言った。

そうしているあいだ、自由は少し離れたところで所在なげにしているだけだった。それは決して彼に限ったことではなかった。新郎になるであろう男たちは店内でみんな同じふうだった。世界にそういうルールでもあるようにすら思えた。

世宇子はいくつも美晴さんに提案してみたが、ことごとく難色を示されてしまった。

以前にも似たことがあった気がする。あれはなんだっけ。

そう、思いだした。お母さんがもってきた見合い写真を、美晴さんが断りつづけていたときだ。

「あんたとじゃ趣味あわないわ。もういいからあっちいってて」

美晴さんに一蹴《いっしゅう》され、世宇子は腹を立てた。

ひとを無理矢理つれてきて、そりゃないんじゃない。

抗議するにも美晴さんはもうドレスを選ぶのに熱中している。

なによ、まったく。いいわよ、自分の選ぶから。

いつ着るかわからない、五年先、十年先、もっとさきの可能性だってある。いや、もしかしてだ。この数日に運命的な出会いがあり、高校へ進学することもなく、一年後には電撃結婚をしていたっていい。親が許すかどうかはべつにして。

世宇子はあらぬ妄想を膨らませつつ、はじめは遊びのつもりが、だんだん真剣に選びだしていた。美晴さんや自由のことすらも忘れかけていた。

「お客様」と声をかけられて我にかえった。

お母さんと同い年くらいの女性がにこやかな笑顔で、世宇子を見ていた。店員だ。叱られるかと思い、すいませんと言いかけた。十五歳の世宇子はセーラー服こそ着ていないまでも、三つ編みにダッフルコートで、受験生然とした姿格好だった。

ところが店員は「御試着なさいますか？」と訊ねてきた。

「いや、あの」なんともはや、断りづらい雰囲気になった。

「どれになさいます？」

「え、えーと」世宇子はべつの場所に移動した。「こ、これでお願いします」

はじめに美晴さんにすすめたロングトレーンのドレスだった。美晴さんに似合うと思って、と言ったのは嘘《うそ》だった。いや、言ったときは本気だった。

だけどね。

ほんとはあたしが着てみたかったのよ。

「ではどうぞ、こちらへ」

店員に先導され、世宇子は試着室へとむかった。

美晴さんが、自分を見ているのがわかった。ドレスを選ぶ手をとめて、なにやってんの、あんた、という表情になっていた。よほどアッカンベーでもしてやろうかと思ったが、ほかにひともいるのでやめておいた。

試着室は何部屋かあった。世宇子はその一室に通された。やたらと広く見えたのは壁一面が鏡張りだからかもしれない。

靴を脱いであがると、うしろで店員が、「御主人様ですか」と言うのが聞こえた。ふりむけばそこには自由がいた。

「違います」世宇子は慌てた。「い、従兄です」

カーテンで仕切られた試着室では店員にされるがままだった。

鏡の中で変身していく自分を、世宇子は見ていられなかった。しかし視線を外すにしても左右と目の前は鏡だ。額に汗がにじみでてきた。両脇《りょうわき》にもじんわり。

こりゃ蝦蟇《がま》の油だわ。

「サイズはあっているのですが、お客様はからだにあまりお肉がついていなくて、スレンダーでいらっしゃるから」

そう言う店員の目は世宇子の胸元にそそがれていた。つくべきお肉がずいぶんと足りなかった。

「詰め物をいれればどうにかなりますわ」

店員に励ますように言われ、世宇子はうつむいてしまった。スカートの裾にあるレースが目に入った。

「世宇子、いい？　着替え終わったぁ？」

外から声がした。美晴さんだ。

「お客様はヨウコさんで？」と店員に訊ねられた。

「は、はい」

「外の方はお母様？」

「み、美晴さん、いえ、叔母です」

「ご覧になりますかぁ」と店員は外に声をかけた。

「ええ、もちろん」美晴さんだ。

このすがたをふたりに見せるの？　勘弁だよ。

世宇子はとめようとしたが、もう遅かった。店員はカーテンを開いてしまった。まぶしい光が目に射しこみ、シャッターを切る音が聞こえた。何事かと目を開くと、美晴さんがカメラのレンズを世宇子にむけていた。そのうしろには自由がいた。

「目ぇつぶっちゃ駄目じゃない」

美晴さんはいっぱしのプロのようにカメラを構えながら、不満そうに言った。カメラは自由の一眼レフだ。

「それにその三つ編み、ほどいてもらおっかな」

「お客様、お写真をお撮りになるのでしたら、あちらにスペースがございますので」

「じゃ、そっちにいきましょ」

歩きだそうとする美晴さんから、自由はカメラを奪い取った。

「なにすんのよ」

「おれが撮る」

自由が怒ったように言った。

「あの写真、まだ自由からもらってないの？」

そういえばまだだ。

「美晴さんは見たの？　その写真？」

「あたしのだけね。それでどれも気にいらなかったんで、太田洋品店に頼むことにしたんだもん」

お母さんはもういなかった。ほんとうに美晴さんのドレスを見にきただけだった。

ノックの音がした。

「翔？」と美晴さんがきいた。翔にここへくるよう言って、とさきほどお母さんに言付《ことつ》けた。

「そうだけど」ドアのむこうから野太い声が聞こえる。お父さんにそっくりだ。「はいっていいの？」

「どぉっぞぉぉ」変な節をつけて、美晴さんは答えた。

入ってきた翔は詰襟の学生服だった。

「なに、用って」

「落ち着かなくってさ」

「落ち着きないのはいつもじゃん」

この四月、中学生になる子供にしては的確な指摘だ。

美晴さんは一瞬、唇を曲げたが、「あんたのあれでさ。こう、ないの？」と言った。

「ぼくのあれってなに？」

「通信教育でやっているヤツ」

「超絶拳《ちょうぜつけん》のこと？」

翔は二年以上前、『モー』の購読をやめてしまったが、そこに広告が載っていた超絶拳だけは引きつづきやっていた。

「それそれ。それでさ。気分を落ち着かせるポーズとかないの？」

「あることはあるけど」

「いま教えてよ」

「効くはずがないって、いつも莫迦《ばか》にしてんじゃん」

「苦しいときの神頼みよ」と言って美晴さんは立ちあがった。それ意味違うんじゃないの、と世宇子は思った。「けちくさいこと言ってないでさ。教えてよ」

「その格好でやるの？」

「いいから早く。ほら、世宇子も」

「あたしも？　三人でやるにはここ狭くない？」

「平気、平気。あんたもずっと座っててお尻痛くなったんじゃない？　いくら学兄さんの命令だからって、あたしのこと、ずっと見張ってることないのに」

知ってたんだ、美晴さん。でもどうして。

「ではまず右手を垂直にのばしてぇ」と翔が自分の言葉どおりの動きをした。美晴さんもそれに従った。世宇子も椅子から腰をあげ、右手を垂直にのばした。三人、どうにかぶつからないようにできた。

「そしてやや内側に曲げるぅ。つぎに右足をあげてぇ、折ってぇぇ。左足はそのままぁ。そこで息を吸ってぇ吸ってぇ。はい吐いてぇぇ」

「意外としんどいわね」美晴さんはもうぐらついていた。

「右手右足はそのままぁ。今度は左手を真横にのばしてぇ。そして折り曲げて胸の前にもってくるぅぅ。手のひらは上にむけるぅ。はい、そこでまた息を吸ってぇ吸ってぇ。はい吐いてぇ。このままの姿勢で三つ数えますぅ」

「ねえ、翔」鏡の中の美晴さんが眉間《みけん》に皺《しわ》を寄せているのがわかる。

「いちぃ」

「この格好ってさ」

「にぃ」

「イヤミのシェーじゃないの？」

「さん」

翔が数え終わろうかというとき、ドアが開いた。三人ともシェーのまま、そちらを見た。

「なにしてんだ、おまえら」

お父さんだった。

二日前のことである。

お父さんが幕間堂にやってきた。受験勉強中は控えていたが、志望校に合格してからはふたたびこの古本屋で世宇子は店番をはじめた。

美晴さんは二年前、就職してしまったし、小山田さんも一年ほど前、助手とやらになって大学で講義をするようになり、幕間堂を去っていった。そしてそのかわりに花屋のミキさんが手伝うようになった。彼女は花屋との掛け持ちにもかかわらず、じょうずに切り盛りした。

「どうだ、デンスケの調子は」

ヘッドホンを外す世宇子に、お父さんが訊ねた。

「快調」

「ああ、そうか」

お父さんとは家の中でよりもここで話をすることが多い。とはいっても、こうしてお父さんがきてほんの十分か十五分、だべっていくぐらいだ。

「おまえさ、三日で三千円の仕事があるんだがやるか？」

力をこめて言う額じゃないよ。一日、たったの千円だし。だが「どんな仕事？」ときいた。

「見張りだ」

「見張り？　なんの？」と言ってから、世宇子は気づいた。「まさか美晴さんを？」

お父さんは深くうなずいた。「あいつ、肝心なときにいなくなるからな」

「でも自分の結婚式でいなくなっちゃうことないでしょ？」

「母さんもそう言ってた。だがな。おまえたちはあいつのほんとの恐ろしさを知らんのだ」

じつの妹をまるで怪物扱いだ。

「肝心なときって、おばあさんのお葬式のときだけじゃん、いなくなったの」

「見合いの途中で逃げだした」

そうだった。

「その前にもいろいろ前科がある。あいつは小・中・高すべての卒業式にでていない」

「え？」初耳だった。「ほんと？」

「ほんとだ」お父さんはなぜか凄《すご》んで言った。「朝、学校へは、いくんだ。だが途中で行方をくらましてしまう。小学校のときはとなり町の大丸にいってて補導された。中学のときは遊園地だった。これは捜索願いをだして大騒ぎになった。高校のときは屋久島だった」

「や、屋久島？」

「むこうから電話かけてきて、心配することないと言いやがった」

世字子は美晴さんを知り尽くしているつもりでいた。しかしそれはとんだ思い上がりだとわかった。

「おじいさんのお葬式んときはあいつ、四十度の熱だしてな。家ん中、どたばたしていたから、ナスビんとこで寝かせてもらった。おれの結婚式んときは盲腸だった。勉の結婚式は」

お父さんはそこで言葉を切った。しまった、という顔になっている。

「どうしたの、勉叔父さんのときは」

お父さんはためらったものの、「昔のことだ。話してもいいだろう」と自分を納得させてから話しだした。

「勉の結婚式は福井のひとがだれも出席しなかったんだ」福井のひと、とは勉叔父さんの奥さんの実家だ。「もともとむこうの親父さんに猛反対されていたのを押し切って、結婚しちゃったわけだしな。うちの親父が電話してもでなかったほどだった。まあ、しかたがないとおれたちは思っていたんだが、ひとり納得しない人間がいた」

「美晴さん？」

お父さんは大きくうなずいた。

「あいつ、勉の結婚式の当日、福井の家へ乗りこんだんだ。小学生だったくせにさ。あたしの兄さんのどこが気に食わないのかきかせろって玄関先で啖呵《たんか》をきったらしい。ほんとなにするかわからん、困ったやつさ」

お父さんは、眉を八の字にしていながらも、頰《ほお》はゆるんでいた。困ったやつと言いながら、口調はどこか自慢話をしているようでもあった。

結局、世宇子は見張りを引き受けた。

だがお金はいらないと断った。

ぼくは用がすんだから、と翔は控え室をでていった。

「なんで三人揃《そろ》ってシェーしてたんだ?」モーニング姿のお父さんは、なぜか片手に缶コーヒーを持っていた。「おまえ、花嫁なんだから隠し芸とかしなくていいんだぞ」

「違うわよ」美晴さんは椅子に腰かけながら答えた。「超絶拳よ。ねえ、世宇子、効き目あった?」

世宇子ももとの位置に戻った。「効き目って?」

「落ち着いた?」

もともと落ち着いていたので答えようがない。でも翔の名誉のために「そこそこ」と答えておいた。

「そう? あたしはぜんぜん駄目だ」

「緊張してるのか」お父さんは実物ではなく、姿見にうつる美晴さんに声をかけた。

「おまえらしくもない」

「緊張っていうか、その、落ち着かないのよ」

「吸うか？」モーニングのポケットから、お父さんは煙草《タバコ》の箱をだした。封は切ってある。「おまえ、これだったよな」

「そうだけど」美晴さんは煙草の銘柄を確認した。「三年、吸ってないからなぁ」

「おれもやめてだいぶ経つが、つきあうぞ。吸ってみろ」

「じゃ」と美晴さんは一本、取った。「灰皿は？」

「飲み終わったから、これつかおう」とお父さんは缶コーヒーを掲げた。「えーと。椅子ないのか」

「あたしの」と世宇子は腰を浮かせ、自分のを貸そうとした。

「だったらいい。立ったままでいる」

お父さんのポケットから、今度は百円ライターがでてきた。

「世宇子、すまんがそこの窓を少し開けてくれないか。煙がこもるとまずいから」

控え室には小さな窓がひとつしかなかった。世宇子はそれを開ける。町の喧噪《けんそう》がかすかに聞こえてきた。

椅子にもどって、鏡にうつるお父さんと美晴さんを見た。

「中華料理屋で披露宴っていうのはおまえらしいよ」

お父さんのくわえた煙草のさきから煙が広がっていく。

「無理言ってやってもらったのよ。この控え室なんか備品室らしいし。小山田君の控え室なんて従業員用の男子トイレよ」

美晴さんは煙草を満足げに吸った。鏡にうつるその表情を見る限りでは、超絶拳よりも効果があったらしい。

お父さんも同じ表情だ。

ふたりは似ていない。でも兄妹だった。

「だけどまさか、おまえがおぼえてたとは驚きだな」

「なにを?」

「なにをって、おまえの七五三のお祝、七つんときの、ここでやったんだぞ。親父がみんなを引き連れて」

「え? そうなの? ぜんぜんおぼえてないよ」

「な」お父さんは絶句した。

「偶然よ、偶然」

唄《うた》うように言う美晴さんを、お父さんはにらみながら、「ま、それもおまえらしいってことか」と勝手に納得していた。

ふたりは姿見にむかい、黙って煙草をふかしつづけた。世宇子も黙ってそのふたりを鏡を通して見つめているほかなかった。

もしかしたらこれを幸せというのかも。

そう思える不思議な時間がそこには流れていた。

「勉から電話があった」

「え？　いつ？」美晴さんが鏡にうつるお父さんに訊ねた。

「昨日。おれの会社にだ。元気にしているから、安心してくれって。いまシンガポールにいるんだと。明日、美晴の結婚式だって言ったら驚いてたよ。虫が知らせたのかもって笑ってた。どんな虫だって言うんだ。まったく」

「自由には？」

「言ったさ。元気ならそれでいいって」

らんなうぇいいいい　らんなうぇい
とぉてもすぅきさぁ　らんなうぇっええぃ

どこからか歌声がする。しかも段々、近づいてきている。

「あれは」とお父さんが顔をしかめた。

「うぉうぉうぉうぉうっと」ドアが開いた。

入ってきた男は部屋の中の三人を見て、動きをとめた。スーツ姿で白手袋、顔を黒塗りにしていた。

「ご、ごめん」とすぐにドアを閉めた。ぱたぱたと走っていく音がする。

「あれ、那須先生だよね」美晴さんが笑いをこらえていた。「あたしの披露宴でなにやらかすつもり？」

一服終わってから、花嫁に捧《ささ》げる一言でも言うのかと思いきや、お父さんはそそくさと控え室を去っていった。そのあとすぐ、美晴さんが「いけね」と花嫁らしからぬ呟《つぶや》きを洩《も》らした。

「どうしたの？」

「お嫁いく前に、学兄さんのつくった炒飯《チャーハン》、食べさせてもらおうと思ってたんだ、あたし」

「キャビアの？」

「具はね、なんだっていいの。いつものように冷蔵庫の残りもので。でももう遅いや」

「結婚したってそう遠くにすむわけじゃなし。うちにときどき遊びにくるでしょ。そんときにつくってもらえば。お父さんに言っとくよ」

「うん。そうだね。そうだけど」

鏡の中の美晴さんは下唇を嚙《か》んでいる。

「あたし、トイレいってくる」と世宇子は席を立った。

「もうここに戻ってこなくてもいいよ。あたし、逃げたりしないから」

「うん、でも」

いまはもう見張っているのではなかった。

見ていたかった、美晴さんのことを。

「戻ってくる」

廊下にでると、「姫」と自由が呼びかけてきた。従兄はふつうのスーツだ。今日もまた首から一眼レフのカメラをぶらさげている。

「なに？　美晴さんに用？」

「いや、姫にだ」自由の手には大きめの茶封筒があった。「これ。こないだの」

それだけですぐにわかった。

「美晴さんが撮った一枚も入ってる。待たせて悪かった。送ってもよかったんだが」

「ありがとう」と世宇子はその茶封筒を受け取った。そして封を開こうとしたがやめておいた。

「どうした？」

「あとで見る」

「よく撮れてるよ。被写体がいいから、だれが撮ってもよく撮れてあたり前なんだけど」

「あたしにお世辞言うなんてジュウ兄さんらしくないよ」

自由が妙な顔になった。

ジュウ兄さんと呼んだからかしら。でもジュウ兄さんもいまだにあたしを姫と呼ぶじゃない。

しかしそうではなかった。

「その言い方」自由は心配そうに言った。「美晴さんにそっくりだぜ」

トイレから戻ると、美晴さんは椅子に座ったままで、うたた寝していた。

落ち着き過ぎだよ。

さきほどあけた窓からこぼれる陽の光が、花嫁の顔を照らし、黄金色に輝かせていた。

まるで一枚の絵画のような光景だった。

起こそうかどうしようか悩みつつ、世宇子はそっと近づいた。

そのとき、目を閉じたままの美晴さんが、こう呟くのが聞こえた。

「母さん」

ノックの音がした。

「美晴さん」小山田さんだった。「もうすぐだよ。準備はいい？」

その声で美晴さんは目をさました。すっと背筋をのばし、「はい」と元気よく返事をした。

ねえ、美晴さん。

会場へむかう美晴さんの背を見つつ、心の中で声をかけた。

いつだかお嫁にいかない理由をこう言ってたよね。

だってこの家、居心地がいいんだもん。

ほかに居心地がいい場所が見つかったんだね。だから家をでてもさびしくないんだ。

ずるいよ。あたしはさびしいもん。家にはお父さんもお母さんも翔もいる。だけど美晴さんがいなくなっちゃうからさ。

こんなことも言ってた。

逃げてないよ。追いかけてるのって。

追いかけてたのは小山田さんだったってこと？

そうだよね。

でもやっぱり美晴さんは逃げたんだよ。

このあたしから。
気づいてないでしょ、そのことに。
でもいいの。
戻ってきちゃ駄目だよ。
だるま弁当持ってきたって許してあげない。

さようなら、美晴さん。

ノロや

翔は吐瀉《としゃ》していた。自宅のトイレでだ。呑《の》み過ぎではない。吐くほど呑むことは長女が生まれてこのかた、なくなった。食べ物に当たったわけでもない。

ノロだ。ノロウイルスのせいだ。

リビングから子供達ふたりがはしゃぐ声が聞こえてくる。

「おかあさん、ショウはどこぉぉ」

すっかり元気を取り戻した二歳の長男の問いに「トイレよ」と妻が答える。

すぐさま足音が聞こえてきたかと思うと、鍵《かぎ》のかかっているトイレのドアがばたばたと音を立てた。

「ショウ、ショウ。あそぼ。ショウ、あそぼ」

「だめよ。ショウはノロなの」

五歳の長女が注意する。その口調は姉の世宇子にそっくりだった。伯母《おば》と姪《めい》なのだ、似て当然ではある。だがもしかしたら姉というものは、弟に対してみなおなじようなしゃべり方をするのではとも思う。

「ノロ？」

「そう、ノロよ」

「ノロノロノロロォ、ノロノロロロォ」

長男は即興の歌を唄《うた》いだした。どすんどすんと足踏みもしている。便器を抱えたまま、翔は思わず笑ってしまった。姉に比べ、弟はとんだお調子者だ。自分がなにをすればまわりのひとが喜ぶのか、熟知しているようにも思えた。

はたしてだれに似たのやら。おれじゃないよな。

妻のほうのDNAかもしれない。彼女の姉には子供が三人いて、小学三年生になるいちばん上の子が幼い頃、おなじように終始、はしゃいでいたように思う。

いや、待てよ。

昨年末、クリスマスイブに実家へいったときのことだ。父が長男の様子を見て、小さい頃の美晴そっくりだな、と呟《つぶや》いたのを翔は思いだした。

「ノロロンノロロ、ノロロロロォ」

「ノロロノロロ、ノンノロロォ」

ついには長女も唄いだした。

「ちょっと、あんたたち。こっちいらっしゃい」

リビングから妻が呼びかけている。声に力がない。彼女も昨日一日、ノロにやられたのだ。

「ショウ、どうしちゃったの？」

ノロの歌をやめ、弟が訊《たず》ねた。

「だからノロだって」と姉が答える。

「ショウはどうしてノロになっちゃったの？」

そりゃおまえがどっかから、ノロをもらってきちゃっただろうが。


さきおといの早朝のことだ。長男がぐずりだし、少し吐いた。そのまま眠りについたので、妻も翔も気にせずにいた。

それから三時間後、五歳の長女が幼稚園にいく準備をしている最中、長男は泣きながら目覚めた。妻が長女の支度を手伝っているそばで、翔は長男の紙おむつをとりかえた。

ほとんど水といっていいウンチだった。しかも強烈な匂《にお》いを放っていた。

嘔吐《おうと》に下痢。そしてこの匂い。

まちがいない。ノロだ。

息子の額に手をあてると、熱はなかった。

とりあえずその日は妻に任せ、仕事にでかけた。ただし、会社へ、ではない。翔は昨年の夏、大卒以来、長年勤めていた編集プロダクションを退社している。数年前に、とある出版社で小説の新人賞を受賞し、作家デビューを果たした。

しばらくはサラリーマンと二足のわらじを履いていたものの、やがて無理が生じてきた。頭の中でスイッチの切り替えが上手にできずに、会社で仕事をしていても、小説について考えてしまうことが多くなっていったのだ。会社の仕事に支障をもたらすのは時間の問題のようにも思えてきた。

妻に相談すると、いつかはそうなると思ってたから、べつにいいわよ、と言われた。そしてついに意を決し、辞表届を提出したのである。

家には仕事場とか書斎とか呼べる場所がなかった。昼間、リビングは妻や子供達に占領されている。翔はノートパソコンをリュックサックに入れ、最寄りの駅周辺にあるコーヒーショップやカフェを渡り歩き、小説を書いていた。

駅近くのスタバで昨年末の〆切りのはずだった連載小説を書いていると、ケータイが震えた。妻からのメールで『ノロ』の二文字だけだった。長男を病院へ連れていき、検査結果がでたのだろう。

やっぱりそうか。

去年一昨年とおなじ時期に翔の家族はノロを経験していた。今年も四人全員、かかるにちがいない。

前日の月曜は成人の日だった。家族で東京ドームへシンケンジャーのショーを観にいき、帰りには焼肉屋へ寄った。そのとき長男が食べ残したもの、食べてもいやで口からだしたものなどを翔は食べていた。妻もだ。

ノロの潜伏期間は一日から二日のはずだ。今夜か明日には発症する確率が高い。

翔は焦った。

いま取りかかっている連載小説の他にもう一本、文庫化にあたって巻末に付ける読み切り短編を書かねばならなかった。いずれも週末が〆切りである。四百字詰めの原稿用紙に換算して四十枚ずつ、計八十枚。

ふだんでも四日で八十枚など至難の業だというのに、これでノロにやられたら、まず不可能だろう。せめていまのうちに書き進めなければ。

火曜の正午までに十五枚を目標としていた。ところが、八枚がやっとだった。モスバーガーへ移動し、昼食に季節限定メニューのハンバーガーを頰張《ほおば》りながら、なおも執筆をつづけた。

順調に枚数を伸ばしていたものの、午後二時過ぎ、十三枚目にさしかかったところで、設定に無理があることに、はたと気づいた。はじめから読み直し、どこに手を入れればよいものか、考えあぐねた結果、でだしから改める必要があった。

十五分後、駅ビルの八階にある喫茶店へむかったものの、年始のバーゲンのせいか満席だった。おなじ階にある大型書店をうろつき、ふりだしに戻った連載小説について、構想を練り直した。このあいだにも、体内に潜伏中のノロが、嘔吐や下痢の準備を進めているにちがいないと思うと、翔は暗澹《あんたん》たる気持ちに襲われた。

駅から少し離れた場所にあるいきつけのカフェで、連載小説の直しを一枚目から書き改めていった。夜の帳《とばり》がおりた頃、ようやく六枚目にさしかかった。そこでひとまず切りあげ、翔は帰宅した。夕食は毎日、家族とともにとるようにしているのだ。

寝室は二階だが、長男をひとりにしておくわけにもいかず、リビングのソファに横たえていた。そんな弟を看病させてくれとせがみ、翔や妻に叱《しか》られ、長女は膨れっ面でご飯を食べていた。すると突然、箸《はし》を置き、妻にしがみついた。

「どうしたの」

妻が訊ねたつぎの瞬間、長女は吐いた。見事な吐きっぷりだった。まるで『エクソシスト』だと心ひそかに翔は思ったが、口にはださずにおいた。ほんとにそうね、これでゲロの色が緑だったら完璧ね、と言って妻がにこやかにうなずくはずはなかった。彼女は娘の吐瀉物にまみれていた。

娘はまだ吐くかもしれない。下痢もこれからだろう。二階にはトイレがないので、リビングに布団を運んだ。妻と子供ふたりが寝ている脇《わき》で、翔は三時過ぎまで執筆をつづけた。連載小説はようやく十枚を越えた。眠りにつく前のわずかな時間、読み切り短編についてぼんやり考えた。

文庫化されるのは三年前に発売された『美晴さんランナウェイ』だ。翔自身の家族を書いた小説である。ただし二十年以上昔のだ。できれば家族みんな公平に書くつもりでいたのが、いちばん強烈な個性の持ち主の伯母が、自然と主人公になってしまった。語り部である姉の世宇子の影すら薄くなり、家族の小説を書くと聞いて、いちばん楽しみにしていた母さんには「あたしの出番がちょっとしかなかったじゃないの」と怒られたほどである。

翔は自作の小説が文庫化される際、できるだけ書き下ろしの短編をつけるようにしていた。内容は本編の後日譚《ごじつたん》だ。ただしただの続編やスピンオフにはならないよう心がけている。

自らを主人公にすることは、ずいぶん前から決めていた。本編では小学生だった自分が、中学生になっており、美晴さんの出産に立ちあう一日の出来事にするつもりだ。これもまた本編と同様、実話である。

でだしはどこからにしようか。

あの日は自由兄さんと映画を観にいくはずだった。ところが彼に急遽《きゅうきょ》、仕事ができてしまい、あてが外れた翔は入院中の美晴さんの見舞いへいった。ふたりでインディアンポーカーをしている最中、美晴さんが呻《うめ》きだした。予定日より十日も早かった。

自由兄さんのくだりは割愛しよう。インディアンポーカーをしているところからでいい。なかなか額につかない札を、美晴さんがべろりと舐《な》めたのを翔は鮮明におぼえている。えらく艶《なまめ》かしく思えたものだ。

そうだ、自分の性の目覚めも話に絡めても面白いかもしれないぞ、と考えながら、翔は眠りについた。

翌日の水曜、長女はいつもどおり七時半に起きて、ひとりでおとなしく絵を描いていた。お腹はくだしているようだが、本人の報告によればそうひどくはないようだ。額に触れると熱もない。

つぎに目覚めた長男は、お尻から悪臭を放っているので、おむつをとりかえることにした。仰向けにすると「やめろぉぉぉ」と両脚でキックをしかけてきた。こちらも下痢はなおっていない。しかし元気そのもので、リビングに敷かれた布団の上をぐるぐる走りまわっている。

翔はなんともなかった。だが妻はちがった。一度は目覚めたものの、顔は真っ青だった。翔が声をかける前にトイレへ走りこんでいった。ノロが発症したにちがいなかった。自分が丈夫でも、妻がこの状態では外へでかけるわけにはいかない。いまの彼女に子供ふたりの面倒はぜったい無理である。

土日祝はなるべく仕事をしないようにしている。しかし今回ばかりはしかたあるまい。連載小説のほうは〆切りぎりぎり間に合うだろう。書き下ろし短編は月曜日に持ち越しだ。

あとで編集者にメールか電話で相談しなければ。とにかく今日は一日、外出せずに子供の相手だ。多少は執筆にあてる時間ができるかもしれないし。

だがその考えは甘かった。

子供ふたりは四六時中、翔にまとわりついていた。ひとりずつのときもあれば、ふたりいっぺんのときもあった。DVDや録画をしておいたアニメや特撮ヒーロー物を見せても終始、動きまわっていた。ふだんであれば画面に釘《くぎ》付けなのに。

「ショウがうちにいてうれしいのよねぇ」

二階へいく気力がなく、リビングで寝たままの妻が言った。ふたりの子供にはお母さんに近づいちゃ駄目と注意を促すものの、なかなか言うことを聞かなかった。長女は描きあがった自作を、妻に見せたがった。これはまだいいほうだ。乳離れのできていない長男ときたら、時折、思いだしたように「おっぱいおっぱい」とねだり、吸いついていた。

昼、翔がうどんをつくっても、子供ふたりは見向きもしなかった。やむなくひとりで食べた。それから妻の要望で、ウイダーinゼリーとポカリスエットを買いに、コンビニへでかけることにした。歩いて五分かからない場所だ。自転車でいこうとすると、子供ふたりもいきたいと言いだした。

「つれてってよ、ねぇ、ショウ、おねがぁぁい」と長女が甘えた声をわざとだす。

「つれてって、ショウ、つれてって」長男は飛び跳ねていた。

「わかった、わかった。だったらおまえら、着替えしなくちゃ駄目だぞ」

ふたりはまだ寝間着姿だった。翔は半透明の衣装ケースからそれぞれの服をだす。

「やだ」「いや」

「だったら連れてかないぞ」

姉弟はしぶしぶ着替えだした。長女は翔がだした服を気に入らず、自分でチョイスし、コーディネートをしだした。五歳でこれだ、将来が不安になる。そもそもすでに服の量は翔よりはるかに上回っていた。

長男のほうは翔が着替えさせた。おむつはかえる必要はなかった。下痢もおさまってきたのかもしれない。服のボタンをはめようとすると「ぼくがするのぉぉ」と叱られた。

「ショウ、三つ編みしたい」

長女が訴えるように言った。

「コンビニへいって帰ってくるだけだぞ」

「したいのぉ」

「しなくていいよ。っていうか、ショウは三つ編みできないから。な」

長女は涙目だ。

「いいわよ。母さんがしてあげる」妻が上半身を起こし、手招きをしていた。「こっちいらっしゃい」

コンビニへいくと決めてから、三十分以上経って、ようやく外へでることができた。晴れてはいるが、冷たい風が吹いている。日陰は霜が立ったままだった。

「さむいよ、ショウ」長女が右手につかまってきた。

「しかたないだろ、冬なんだから」

「くるまでいこ」長男が左足にしがみついてくる。

「それはムリよ。ショウはくるま、ウンテンできないんだから」

翔は車の免許を持っていなかった。東京に住んでいるからには車など必要ないとうそぶいてきた。しかし結婚をして、子供ができ、都下に住むようになってから、どれだけ車が必要か、思い知らされた。庭にあるスズキのラパンは妻のものである。どこへでかけるにも妻の運転だ。

「自転車でいくぞ、自転車で」

「だっこして。だっこ、だっこ」

長男が両手をあげている。

そういうところも美晴にそっくりだよ。だっこをねだる長男を見て、父が言った言葉を思いだす。甘え上手なんだな。

たしかに美晴さんは甘え上手だったように思う。それもだれに対しても、二十歳近く離れた甥《おい》っ子にもだ。

だからおれはあのひとにお金、貸しちゃったんだよな。

それにだ。

中学生の時分、学校や塾の帰りに、お嫁にいった美晴さんの誘いで、喫茶店やあんみつ屋で落ちあうことがあった。そして三度に二度は奢《おご》っていた。

これ、お願いね。

美晴さんはごくさりげなく、伝票を翔に渡した。自分がおとな扱いされているようで、とてもうれしかったものだ。

ほんと、翔はいい子ね。自由や世宇子は、財布の紐《ひも》が固くってさ。自分のためだけにお金をつかうようになっちゃあ、人間、駄目だよねぇ。

「あたしもだっこして」

長男をだっこすると、長女もせがんできた。

「無理言うな」

「ずるいぃぃ」

「おねえちゃんもだっこしてあげて」

長男が小さな頬を膨らませている。

おまえが言うな。

「だっこだっこ。ダブルだっこ」

「そうよ。ダブルだっこしてよ」

「ダブルだっこ、ダブルだっこ」

「わかった、わかった。するよ、する。ちょっと待ってろ」

右腕に長男をだっこしたまま、翔はその場にしゃがみ、左腕をのばした。長女はにこりと微笑《ほほえ》み、腕の中に身をゆだねてくる。

実家でこのダブルだっこを披露したとき、だいじょうぶなのかい、おまえ、と母に言われてしまった。きっと彼女にすれば、翔はまだ運動オンチで虚弱体質の子供のままなのだろう。

じつのところ、いまだってそう変わりはしない。ノートパソコンより重いものを持つことはまずない。しかし父親としてここいちばん、やらねばならないことがある。それがダブルだっこ程度であれば、お安い御用だ。

「いくぞ。いいか。せぇの、よっこらせのせ」

「せのせ」

「せのせのせ」

コンビニに着いてからも、姉弟は大騒ぎだった。アイスクリームを買ってと言いだしたのだ。

「おまえら、お腹《なか》、ピーじゃんかよ。駄目だよ、いま、アイスなんか食べちゃ」

「ピノでいいから」

「ピノピノ、ピッノピノォ、ピノピノピッノピノォォ」

真顔で頼む姉のとなりで、弟は唄っていた。

「なんだよ、ピノでいいからっつうのは。そんなこと言うとピノの神様に叱られるぞ」

「なに、ピノのかみさまって」

「いるんだよ、そういうのが。とにかくいまは母さんのために買い物きたの。おまえたちのもの、買いにきたんじゃないんだから」

「かあさんもピノがたべたいとおもっているよ」

そうきますか。

「ケータイででんわして、きいてみたらどう？　かあさんに」

いましたところででるはずがない。どうも妻の容態は子供たちに比べて重いようだ。

「わかった、わかった。ピノ、買うよ。でもこれで食べて、またお腹が痛くなっても、おれは知らないからな」

「わかった、わかった」

長男が翔の真似をする。

まったくもってやれやれだ。

長女はピノのボックスサイズを取ろうとしていた。

「こら、六個入りのでいいだろ」

「えぇ？　それじゃあ足りないよ」

「足りる。じゅうぶんだ」

「じゃあ、スタンダードなのと、ゲンテイのいちごミルクをひとつずつ」

なんだかこいつも美晴さんにそっくりだぞ。

「ピノピノ、ピッノピノォ、ピノピノピッノピノォォ」

長男がからだを左右に振り、ぐるぐる回っている。心の底から楽しそうなので、とめる気にならなかった。

「いいよ、スタンダードとゲンテイ、ひとつずつ買おう」

その後、家に帰ってからすぐ、子供たちはピノの歌を唄いながら、ピノを食べた。ふたりがどれだけ騒ごうとも、妻は昏々《こんこん》と眠りつづけていた。長女はかあさんのぶん、と言って、二種類のピノを一個ずつ残し、冷凍庫にしまった。

「ショウはたべちゃだめだからね」

仰せのとおり。

ピノを食べたあとも、ふたりはお腹を崩すことはなかった。どうやら完全に治ったらしい。長女が軽くすんだのはなによりである。

長男とレゴでロボットをつくりながら、長女にトランプでババ抜きをした。負けると癇癪《かんしゃく》を起こすので、翔はババを引くよう努力しなければならない。五回連続でやるとさすがに飽きてきたので、七並べを教えてあげた。長女は飲み込みが早く、三回つづけてすれば、ルールがマスターできた。ただしたくさんのカードが両手で持ちきれず、すべて表にして自分の前に並べ、プレイをおこなった。ときには「どれをだせばいい？」と翔に訊ねることもあった。

七回目の七並べをおえ、翔がカードを切っていると、長女が訝《いぶか》しげな表情になった。

「ショウ」

「ん？」

「ケータイがなってるよ」

たしかにそうだった。玄関の棚に置いたままのケータイが、じぃじぃと音をたてている。連載小説か、文庫の書き下ろし短編か、いずれかの担当の編集者だろう。明後日が〆切りなのだ、進行状況を知りたいのは当たり前である。しかしどちらも進み具合は芳しくない。書き下ろし短編に至っては一枚も書いていない。謝るか、言い訳をするか。どちらにしても億劫《おっくう》だ。となると電話にでたくないのもまた当たり前である。

「いいんだ、気にするな。どうする、まだ七並べ、するか」

やがてケータイの音がやんだ。あきらめたかと思いきや、つぎに家の電話が鳴った。いま、ケータイにかけた人間にちがいない。これまた無視を決めこもうと思っていたが、長男が電話に駆け寄り、受話器を取ってしまった。

「ショウ、デンワだよ」

ほめてくれとばかりに微笑んでいる。こうなるとでないわけにはいかない。翔は腰をあげ、長男の頭を右手で撫《な》でてから、左手で受話器を受け取った。

「もしもし」

「ショウおじさん？」

編集者ではなかった。

「なんだ、司郎《しろう》か」

美晴さんのひとり息子だ。中学生だった翔が、小山田さんのかわりに出産を立ちあったときの子である。昨年大学を卒業し、現在は文具メーカーに勤めている。

「どうかしたのか」

「母さん、そっちにいってませんか？」

「美晴さん？　いや、きてないよ。なに、どうしたの？」

「じつはその、昨夜、家をでていったっきり」

「また小山田さんと喧嘩《けんか》したの？」

美晴さんの家出は、夫婦喧嘩をしたあとと決まっていた。実家に戻ってきては二、三日すると、小山田さんが迎えにきた。息子の司郎のときもあった。

この数年は翔の家である。美晴さんをモデルに、というよりもほぼそのまま小説に登場させ、あまつさえタイトルにまでつかってしまった手前、断ることはできなかった。といって家出の回数も、若い頃ほど頻繁ではなくなっている。せいぜいが半年に一度だ。

このあいだきたのは、そうだ、去年の夏だったな。

「いえ、あの、父さんとではなくて」

「ショウ、だれから？　ねぇ、だれからなのぉ」

長女がすがってきた。

「だれだれだれれれぇ、だれだれれぇ」

長男は踊っている。

「司郎だ」と言っても長女はピンとこなかったようだ。司郎と面識がないわけではない。盆や正月、その他のときにも実家で会っている。なによりも美晴さんを迎えに小山田さんと父子できたこともある。

「美晴さんの息子だよ」

「ミハルさん？」「ミハルさん？」

姉弟の声が揃《そろ》った。

「キャンプにつれていってくれたミハルさん?」

「ああ、そうだ」

去年の夏、なんの前触れもなく、美晴さんがうちにあらわれた。またいつものことかと翔も妻も驚きはしなかった。どんなことでも慣れるものである。しかし、みんなでキャンプにいかない? と誘われたときはさすがに面食らった。

美晴さんは行き先について、いくつか候補をあげもした。いずれも都内で、日帰りできる場所だった。どうやら彼女はあらかじめ下調べをしていたのだ。

子供たちは大喜びで、なにより妻が乗り気だったので、キャンプにでかけた。妻のパンでだ。ただしハンドルを握ったのは美晴さんだった。その見た目と性格から、だれも想像できないが、彼女は名ドライバーなのだ。

「にぎやかだね」

受話器のむこうで司郎が声を忍ばせ笑っている。

「小山田さんと喧嘩をしたんじゃなければ、だれと喧嘩をしたんだい?」

「ぼくだよ」

「へえ。それは珍しい」

司郎は美晴さんの息子とは思えないほど、素直でいい子である。反抗期などなかったはずだ。それとも今頃になってようやくおとずれたのか。

「原因はなんなの？」

「それがその」司郎は口ごもった。

「ミハルさんくるの？　ねぇったらねぇ」

せがむように長女が言う。となりで長男もその真似をしている。

「美晴さんはくるかどうかはわからない。いま、大事な話をしているんだ。ちょっとだけ待ってくれ。な？」

「はぁい」「はぁああい」

口を閉ざしても姉弟は翔から離れようとしなかった。妻は布団の中で寝返りをうっている。

「じつはぼく、結婚するつもりなんです」

「けっ」オウム返しに言いかけて、翔は口を閉ざした。結婚なんて言葉を耳にしようものなら、長女がまた騒ぎだすにちがいない。「それはよかった。おめでとう」

「挙式とかはまだまださきなんですがね。それでまあ、昨日、相手をうちに呼んだんです」

どんな子なのか知りたかったが、訊ねていては話がさきにすすまないだろうと翔は堪えた。

「彼女がいるあいだは、母さんも穏やかだったんですがね。帰ったあと、あの子はやめなさいって、言いだして」

「それで喧嘩を」

「理由を訊《き》いたんですよ。でも母さん、ただなんとなくだなんて言うものだから」

あのひとが言いそうなことだ。

「小山田さんは？」

「仲裁に入ってくれましたが、それがまた、母さんにしたら気に入らなかったようで」

「そのまま飛びだした」

「はい」

「ふつうさ。そうやって結婚を反対されたら、でてくのは息子であるきみのほうじゃないの？」

「でもうちの母さん、ふつうとは言い難いですから」

たしかにそうである。

「温泉かどこかにいってから、うちにくるんじゃないかな」

家を出てすぐに翔のところへは訪れずに、観光スポットにいき、何泊かしてから、というパターンもあるのだ。国内のみならず、海外の場合もあった。フィンランドでオーロラを見てきたときもあった。そういった意味では美晴さんの行動はバイタリティに溢《あふ》れている。

「とりあえずきたら、そっち、連絡するよ」

夕飯はおかゆをつくった。これも不評で、子供たちは二口も食べなかった。その日、ふたりが食べたのはピノだけだった。

子供たちが眠りについたのは九時過ぎだった。前日と同様、妻と子供ふたりが寝ている脇で執筆をしようとノートパソコンを開いた途端だった。

吐き気が込みあげてきた。

「ノロロンノロロ、ノロロロロォ」

「ノロロノロロ、ノンノロロォ」

子供たちがふたたび唄いだした。だがさきほどよりも声が遠い。リビングに戻ったのだろう。

翔はいまだトイレの中だ。また吐瀉する。とうの昔に胃袋はカラッポだ。でてくるのは胃液ばかりである。

チャイムの音がする。宅配便だろうか。年末に〆切りだった原稿のゲラが届いたのかもしれない。いまの状態ではゲラに目を通すことも困難だ。

だが宅配便ではなかった。

「こんにちはぁあ」

美晴さん？

「ミハルさんだ」「ミハル、ミハル」

「まあ、美晴さん。ようこそ」

妻も美晴さんの突然の来訪には慣れている。驚いてはないようだが、やはり声に力がない。

「悪いわね、朝早くから。入っていい？」

「あ、あの、だいぶ散らかってますけど」

「いつものことだから気にしないわよ。はい、これ、お土産《みやげ》」

「ありがとうございます」長女が礼儀正しくお礼を言う。

「ありがとう」長男も姉を真似た。

「昨日一昨日って、別府いってきてねぇ。いまさっき羽田に着いてここきたのよ」

美晴さんが妻に話をしている。昨日の電話で、温泉かどこかにいってからと司郎に言ったのが的中していたようだ。

しかし別府って。羽田に着いてということは、飛行機でいったのか？

「あなた、観た？『落ちた落陽』っていう映画」

『落ちた落陽』？　なにと言い間違えているか、翔はすぐに気づいた。

「いえ」

「ちっちゃいのふたりいちゃあ、映画も観にいけないか。だったら原作、読みなさい。翔にも読ませたほうがいいわよ。あの子もああいうの書かなくちゃ」

無茶なことを言う。

「そのモデルになった航空会社、潰れちゃいそうでしょ。だからいまのうち、マイレージつかいきっちゃおうって思ってさ。別府いってきたの」

そこに話が繋《つな》がるのか。

「翔はどこ？　仕事？」

「いえ、それが」

子供たちの声に、妻の声がかき消されてしまった。

「そいつはたいへんだったねぇ。この子たちは？　元気そうだけど」

「きょうはようすをみて、あしたにはヨーチエンいくの」

長女が溌剌《はつらつ》と答えている。翔はトイレをでたいものの、腹部に痛みが走り、便座を抱えたまま動けない。

「だったらさ、あんたたち、あたしとボウリングでもしにいかない？」

「ほんとにぃ？」「やったぁやったぁ、ボウリング」

「でも」と妻がためらっている。

「あなたもまだ顔が青いじゃない。いいわ。今日一日、あたしがこの子たちの面倒見てあげる」

「いいでしょ、かあさん。ボウリングいってぇ」

「ボウリング、ボウリング、ボウリング」

「そのあとケーキもおごってあげる」

美晴さんにしては気前がいい。

「ケーキ、ケーキ、ケーキ」長男が足を踏み鳴らす。

「すいません、じゃあ、お言葉に甘えて。ほら、あなたたち、でかける準備して」

「あたしが十数えているうちに準備できない子は置いてっちゃうからね」美晴さんが釘を刺すように言った。

「いぃいち、にぃいぃいぃ、さぁぁぁん」

姉弟はぐずりもせず、信じられない早さで準備をすませ、家をでていった。たぶん五分もかからなかったのではないか。

なんだ、おまえたち。やればできるじゃないか。

嘔吐と下痢は午前中ですんだ。すべて出尽くしたらしい。

「美晴さん、今日、泊まっていくのかしら？」

妻は布団の中にいる翔に話しかけているわけではなく、自問自答しているようだった。

「でもウチん中、ノロだらけだし」

「なあ」

「あら。起きてたの？」

「司郎くんに」

「メールで連絡しておいたわよ。そんなこと、気にしないで、寝てなさいって」

妻の言葉に従い、翔はただひたすら眠りつづけた。ケータイの震える音で目覚めることがあった。妻に「どうする？」と訊かれ、力なく首を左右に振るだけしかできなかった。

静かな一日だった。

しかしこれがいつまでもつづけばいいとは思わなかった。

「ただいまぁ」「ただいまぁああ」

「帰ってきたわよぉぉお」

美晴さんと子供たちの声で翔は目覚めた。窓の外はすっかり暗くなっている。時刻をたしかめると五時半過ぎだった。

「なおったぁ？　ショウ」「ショウ、だいじょぉうぶぅ？」

布団の脇に姉弟が並んで座り、翔の顔をのぞきこんできた。

「あ、ああ。だいじょうぶだよ」

「もっと遊んでいこうって言ったんだけどね」

美晴さんがあらわれた。コートを脱ぎ、それを妻に渡すと、「よっこらせ」とソファに腰をおろす。

「ショウが心配だから帰るっていいだしてさ。しかたなくこうやって帰ってきたわけ」

「ミハルさんにこれ買ってもらったんだ」

長女の手にアニメのキャラクターのぬいぐるみがあった。長男は腰にベルトを巻いている。仮面ライダーのだ。それも美晴さんに買ってもらったようだ。

「ミハルさん、すごいんだよ。五かいつづけてストライクだしたんだから。タイコの夕ツジンもすっごくじょうずでね。ばんばんばんばんばんって」

長女が太鼓を連打する仕草をする。長男もいっしょになってやってみせた。ボウリングだけではなく、ゲームセンターにもいったのだろう。姉弟ふたり、一日を存分に満喫してきたにちがいない。

美晴さんが妻の名前を呼んでいる。

「夕飯、どうするのぉ？」

「うどんにしようかと思ってるんですけど。美晴さん、もしなんでしたら、お寿司でもとりましょうか」

「お寿司かぁ。ちょっと、あんたたち。ピザ、食べるぅ？」

「はいはい、たべまぁす」「たべるたべるぅ」

それからしばらく美晴さんは子供たちふたりとソファに並んで、特撮ヒーロー物をテレビで観ていた。先週の放送分を録画したものだ。翔は二階の寝室へうつった。布団は自分で持っていった。

「あれはワルモノ？　イイモノ？」「どうして変身できたのさ」「いまの必殺技、なんていうの？」と質問をぶつける美晴さんに、姉弟が「うるさい」「しずかに」と叱っていた。

エンディングのテーマ曲が流れている途中、電話が鳴った。妻がでたらしい。

「美晴さん、司郎さんからですよ。どうします？」

「えぇ？　やだなぁ、でたくないわ」

「駅まできてるそうですよ。これから迎えにいらっしゃるって」

「マジでぇ？」五十を過ぎた女性の言葉遣いではない。「しようがないなぁ。とりあえずでるわ」

しばらく間があり、美晴さんの声がふたたび聞こえてくる。

「もしもし。ああ、うん。わかったわよ。うん。うん。そう。だけどピザ頼んじゃったのよ。それ食べてから。いいわよ、こっちまでこなくても。うん。はい。わかりました」

電話を切った美晴さんは大きくため息をついた。

「ちょっと二階いって、翔の様子、みてくるわ」

「どうよ、調子は？」

「おかげでだいぶ楽になったよ。ありがとう」

階下からアニメの主題歌が流れてきた。長女がいっしょになって唄いだした。長男はサビの部分だけどうにか唄えている。

「たいへんだったでしょう。チビふたりの相手」

「たいしたことないわよ。別府でひとりお湯に浸かってるより、今日のほうがずっと楽しかった」

本心のようだ。美晴さんは穏やかな笑みを浮かべている。

「子供はあれくらいんときがいちばんかわいいわね」

「司郎くんもそうだった？」

「だねぇ」

「どう、彼は最近」

結婚のことはあえて口にせずにおいた。

「すっかりおとなになっちゃってさぁ」

「そりゃだってもう二十四だもん。しようがないでしょう？」

「うん。まあ、そうだけど」美晴さんは膨れっ面になった。「正直、つまんないよ」


夜中の一時過ぎ、リビングで翔は連載小説のつづきを書いていた。からだはまだ本調子ではないが、少しでも進めておかねば。とりあえずこれは明日中に終わらせよう。文庫の書き下ろし短編は月曜の夜まで待ってもらい、三日間で書きあげる予定だ。はたしてできるだろうか。

とんとんとん。

二階からだれかが降りてきた。長女だった。

「どうした」

「おのど、かわいたの」

「牛乳でも飲むか」

長女は小さくうなずいた。

アニメのキャラがプリントされたコップに、牛乳を注《つ》いでくると、長女はパソコンの前に座っていた。

「ショウ、なにしてるの？」

「仕事だよ」

「ノロはなおったの」

「ああ。もうだいじょうぶだ」

長女のまぶたは半分しか開いていない。牛乳を一息に飲むと、子供らしからぬ大きなゲップをした。

「二階まで抱っこかおんぶしてやろうか」

「へいき。じぶんでいける」

長女は空になったコップを流し台へ運んだ。

「ねぇ、ショウ」

「ん？」

「こんどのおやすみんとき、ボウリングいこうね」

「ああ」

「じゃあね、シゴト、がんばって」

長女は階段をのぼっていく。

そのうしろ姿を見送ってから、翔はパソコンのキーを打ちだした。

解説

吉川トリコ

古い記憶の中に、そこだけぽっかりと、オレンジ色の灯がともっている場所がある。薄暗い病室にぽっとともったマッチの火のように、頼りなくかすかなものだ。

ほんの短いあいだだったけれど、叔母と暮らしたことがある。私と妹、母と母の年の離れた妹ふたりという女ばかりの五人で。

そのころ私はまだ小学校にあがったばかりで、当時の記憶はほとんど残っていないのだけど、高架沿いに建つピンク色のマンションの一室だったことは強烈におぼえている。離婚したばかりの母は娘ふたりを連れてそれまで暮らしていた町を離れ、まだ二十歳やそこらだった叔母たちはド田舎の生家を飛び出し、身を寄せ合うようにしてひとつの部屋で暮らしはじめた。

と書くと、なんだかじめじめした薄暗い生活を想像されてしまうかもしれないが、むしろその逆で、私たちはいつも笑っていたように思う。私の父はめったに家に帰らない人だったので、父と離れて暮らすことにはなんの違和感もさみしさも感じなかったし、それどころか私は、かっこうの遊び相手ができてちょうどいいやぐらいに思っていた。日曜の夜には女五人でテレビの前で膝を抱えて『小公女セーラ』を見て、トランプや人生ゲームで遊んだりする。だれかの誕生日には母が大きなケーキを焼き、私や妹がなにか生意気なことを言うたびに、「おむつを替えてやった恩を忘れてなに言うのさ」と叔母が頭を小突く。マンションの近くにちいさな公園があって、大人も子どもも関係なく、みんなで必死こいて四つ葉のクローバー探しをしたこともある。

今回、『美晴さんランナウェイ』を読み返しているうちに、薄れかけていたあのころの記憶が、ぽつぽつとよみがえってきた。子どもだった私にはわからなかったけれど、いまから考えるとあの部屋は母と叔母たちの一時的な避難所だったのかもしれない。

『凹凸デイズ』や『幸福ロケット』など、山本幸久さんの作品で好きなものはいくつもあるが、中でも『美晴さんランナウェイ』は特別にだんとつ大好きで、私がいちばん最初に読んだ山本幸久作品でもある。

主人公の世宇子は中学一年生。両親と弟の翔、父の妹で、世宇子にとっては叔母にあたる美晴さんと暮らしている。この美晴さんが、美人だけれどたいへん困ったトラブルメーカーで、都合の悪いことが起こるとすぐ逃げ出す。母親の葬式から、お見合いの席から、シリアスな局面にぶちあたるたびにとにかく逃げる。なんやかんやで逃げつづけ、気づいたら二十七歳。お嫁にいく気配をまったく見せないまま、しぶとく実家に居座りつづけ、たびたび騒動を巻き起こしては家族をふりまわしている。

「カセットデンスケ」や「ウォークマン」といったアナログ機器が登場することから、この小説は、いまよりすこし昔のお話であることがわかる。ウォークマンが発売されたのが一九七九年、シャネルズの「ランナウェイ」が大ヒットしたのが一九八〇年であることから、八〇年代前半と考えていいだろう。

二十七歳といえば、現代ではそこまで結婚を焦らなくてもいい年齢に思えるが、八〇年代前半となると話はちがう。適齢期も適齢期、へたすると「いきおくれ」といわれかねない年齢である。しかし、当の美晴さんはまったく気にする様子もなく、のらりくらりとちゃらんぽらんに生きている。

その様子が、優等生でしっかり者の世宇子の視点から描かれているのがいい。要所要所でクールなツッコミが入るたびにくすくす笑ってしまう。山本さんの作品を読んでいるときはいつもそうなのだが、本を開いているあいだ、私はつねににこにこしている。だから、本を閉じたとき、いつもほっぺが鈍く痛い。

中でもとりわけ好きなのは、「空元気の家系」のラストシーンだ。世宇子の従兄《いとこ》で思い人でもある自由が、ある事情により世宇子の家に居候することになる。深刻な悩みを抱えているはずなのに、空元気で粋がる自由に世宇子は胸を痛める。

そこで世宇子はどうするのか？

シェーをするのである。

正確にはシェーではなく、「超絶拳」なるもののワンポーズであるのだが、この「超絶拳」というネーミングのばかばかしさもさることながら、まだ声変わりの終わってない甲高い翔のかけ声に合わせて、シェーをする世宇子たちの姿のまぬけなことといったらない。けれど、そのまぬけさの裏に隠された彼らの胸のうちに思いを馳せると、引き攣《つ》るぐらい持ちあがっていたほっぺが、べつのなにかに引っぱられるように痛みはじめる。なんておかしくて、いとおしくて、ものがなしいシーンなんだろう。

母親の死の直後にとぼけた顔でマッチをする美晴さん、町内をぐるぐるまわって追いかけっこする家族五人、家の中に漂うぎくしゃくした空気をなんとかするため通信販売で手に入れた「イタコイラズ」、愛しあうふたりを隔てる建てつけの悪い引き戸。

いくらでも涙を誘えるのに――そして、涙を誘うように書くほうがよほどたやすいのに、山本さんの手にかかるとたちまち喜劇になってしまうこれらの場面が、私はしみじみ好きだし、これこそが山本幸久にしかない特別な魅力なのだと思う。

大切なだれかがいなくなってしまっても、どんなに困難で不幸せなことがあっても、なんだかんだで人は笑うし、ばかばかしいことを言ったりやったりする。打ちひしがれて泣いているだけの姿を見せられても、同情こそすれ、いとおしさまでは感じられない。

素直じゃなくても、つっぱっていても、空元気の笑顔のほうがずっとずっと魅力的なのだ。

今回、改めて思ったことだが、山本さんはどうしてこんなに女心がわかるのだろう。男性作家の作品を読んでいると、「こんな女、いるわけないだろう」と笑ってしまうことが多々あるが、山本さんの作品にはそれがない。逆に、従妹を「姫」なんて呼んでしまったり、さらりと褒め言葉を述べたりする自由のほうが「こんな男の子いないよ」と思ってしまうほどだ。しかしそれも、女の子の理想として書いているのだとしたら……うん、自由はまさにそれだ。少女漫画に登場するさわやかな王子様そのもの。もし私が中学生の女の子だったら、間違いなく自由に恋しているだろう。

なぜだ！　なぜこんなに女の子の気持ちがわかるんだ！

自分の学校だけセーラー服なことを嘆いたり、デンスケをただのプレイヤーではなく、自由と繋がるための機械なのだとすがるように信じていたり、日常のささいな描写のいちいちが、身におぼえのあることばかりでびっくりしてしまう。こんなにナチュラルに、こんなに活き活きと女性を描ける男性作家はそうはいない。へたすると、女性作家にだっていないかもしれない。

特に印象深いのが、世宇子から見た美晴さんの足の描写だ。なまめかしくて美しく、けれどじっと見るのが憚《はばか》られる、自分のものとはちがう、母親のものともちがう、おんなのもの。なまなましいおんなのにおいが、世宇子の羨望や恐怖や嫉妬をかきたて、私の記憶の灯を揺らめかせる。

そうだ、かつて私もこれと同じ経験をしたことがある。母親はどうしたって母親以外の生物として見ることはできないが、同じ部屋で叔母と暮らしていたころ、若いおんなのむせかえるようなにおいに、私はたびたび幼い胸をどぎまぎさせていたのだった。そんなこと、この本を読むまですっかり忘れていたのだけれど。

それにしても、美晴さんはいったいなにから逃げていたのだろう。

逃げてるのではなく追いかけてるのだと美晴さんは言うが、ラストで世宇子が語っているとおり、美晴さんは逃げているのだと思う。美晴さんほど華麗な逃避行はできていないが、進学や就職、結婚や出産など、人生の様々な選択から逃げ続けてきた私にはわかる。

私はなにかを選ぶことがこわい。なにかを選ぶことによって、自分の範疇《はんちゅう》を決められてしまうことがこわい。選ぶということは、大人になるということだ。いい年して大人になるのがこわいだなんてみっともいいことではないと思うし、いよいよ周囲から(主に母から)の圧力も厳しくなってきた。でもだってしようがないじゃないか、これが私なんだから、と開き直り気味に思ってしまう私が大人になる日は、まだまだ遠そうだ。もしかしたら一生このままなのかもしれない。それはそれで、なんだかぞっとしてしまうのだから困ったものだ。

物語のラストで美晴さんはお嫁にいってしまうが、ぜひともこの先も、華麗に逃げ続けてもらいたいものだなと願う。そうして教えてほしい。大人になることは、世界を狭めることではなく、さらに新しい世界の扉を開くことなのだよ、と。避難所に留まったままでは見えない景色があるんだよ、と。

JASRAC 出1001407-001

この作品は二〇〇七年四月、集英社より刊行されました。
文庫化にあたって特別新作書き下ろし「ノロや」を加えました。

S 集英社文庫

美晴《みはる》さんランナウェイ

2010年3月25日　第1刷　　定価はカバーに表示してあります。

著　者　山本幸久《やまもとゆきひさ》
発行者　加藤　潤
発行所　株式会社　集英社
東京都千代田区一ツ橋2-5-10　〒101-8050
電話　03-3230-6095（編集）
03-3230-6393（販売）
03-3230-6080（読者係）
印　刷　凸版印刷株式会社
製　本　凸版印刷株式会社

フォーマットデザイン　アリヤマデザインストア　　マークデザイン　居山浩二

ISBN978-4-08-746547-1 C0193